パパの愛した悪女

赤川次郎

双葉文庫

パパの愛した悪女

目次

プロローグ

「あれ？」

玄関の鍵を開けようとして、香織《かおり》は戸惑った。

鍵、かかってない？

いやだな。お母さん、かけ忘れたのかしら？　そんなこと、お母さんに限って、まずないけど。

「——お母さん。いるの？」

玄関を入って、香織は声をかけた。

家にいるときだって、お母さんはいつもちゃんと鍵をかけている。

返事はなかった。夕方で少し薄暗いのに、明りも点《つ》いていない。

どこにも母の姿はなかった。やはり、鍵をかけ忘れて出かけたのだろう。

「帰って来たら、冷やかしてやらなきゃ」

と、香織は呟いた。

二階へ上って、まず着替えた。

香織の通う私立中学は、ブレザーの制服。高校も色違いのブレザーだ。

部屋着に替えて、一階へ下りて来ると、居間の明りを点け、カーテンを引いた。

そして——それに気付いたのである。

居間の中央にドッカと居座っている樫《かし》の木の特注のテーブル。その真中に黄色い封筒が置かれていた。

何だろう？　手に取って、香織は、

「え？」

と、思わず声を上げた。

間違いなく、母の字で、〈みんなへ〉と書かれていたのだ。——何なの、これ？

〈みんな〉っていうからには、私も含まれてるわけよね、と香織は思って、封を切った。

「私の便箋だ」

可愛いキャラクターの付いた便箋を使っている。しかし、手紙の中身は「可愛い」どころじゃなかった。

〈あなた。香織、建一《けんいち》。

お母さんの身勝手を許して下さい。

一年ほど前から、お母さんには好きな人ができてしまったのです。何度も別れよう、忘れようとしたのですが、できませんでした。

悩んだ末に、彼と二人で死のうと決めました。あなたたちを残して行くのは辛《つら》いのですが、お母さんも辛かったのだと察して下さい。

みんなの幸せを祈っています。

さようなら。

栄恵《さかえ》〉

香織は、しばらくの間その手紙を手にしたまま、ソファにぼんやりと座っていた。

これって――冗談？

「お母さん！」

と、香織は大声で呼んでみた。「出て来てよ！　どこかに隠れてるんでしょ！　――お母さん！」

しかし、家の中は静かだった。

「嘘だ……。お母さんが……」

ともかく、父へ連絡しよう。――そう思い付いたのは、三十分もたってからだった。

警察から連絡があったのは、母が姿を消して四日後のことだった。

伊豆の海岸のホテルで、男女二人連れが散歩に出たきり戻らないということだった。部屋に残された荷物に、布川《きぬかわ》栄恵の名と住所が入っていた。

布川弥一郎《やいちろう》は、連絡を受けてすぐ伊豆へ発《た》った。――香織も一緒に行きたかったが、弟の建一はまだ小学生で、「母親が他の男と心中」したなどということを理解できそうになかったので、二人で残ることにした。

——その夜、建一が寝てからも、香織はずっと起きていた。

父から何か連絡が入るだろうと思っていたのだ。こっちから父のケータイにかけるのはいやだった。

きっと——きっと、

「お母さんがいたぞ！」

と、父からかけて来る。

そう信じていた。いや、念じていた、と言った方が正しい。

家の中が、ずいぶん広く感じられた。

確かに、もともと広い家ではある。

父、布川弥一郎は〈SK貿易〉という中規模企業の取締役で、高齢の社長の代りに事実上社長をつとめていた。

この家は取締役になった四年前に建てたもので、四人家族にとって、少し広過ぎるくらいである。

その家の中に、今は小学生の弟と二人しかいない。

仕事柄、父は海外出張も多く、家を空《あ》けることは年中だが、母、栄恵は外出しても夕食までには帰っていた。

試験のときなど、夜中に香織が居間へ下りて来ると、よく母はソファに横になって眠ってしまっていた。TVが点けっ放しになっていて、たぶんTVをぼんやり眺めている内に眠ってしまうのだろう。

「お母さん……」

香織は、いつも母が居眠りしているソファへ目を向けた。

今、そこに母の姿がないことは、香織を怯《おび》えさせた。自分がお化け屋敷に一人取り残されてでもいるような気がした。

母がいないだけで、こんなに家が広く見えるのだ……。

テーブルに置いた、香織のケータイが鳴った。——学校へ持って行くことは禁じられているが、やはり友だちの間では、ないと不便なのだ。

父からだ。出るのが怖かった。

「——もしもし」

「香織。お父さんだ」

沈んだ声だった。——嘘だ。嘘だ。

「うん」

「部屋に残っていた荷物は、間違いなくお母さんのものだった」

「それで……どこへ行ったか、分ったの?」

「いや、実は——」

と、布川弥一郎は口ごもって、「この近くの海岸で、崖の上に靴があった」

「靴……」

「男ものと女ものが一足ずつ、きちんと並べてあった。崖の下は波が荒くて、もし飛び込んだとすると、かなり沖へ持って行かれるそうだ」

「お母さんの靴？」

「さあ……。母さんの靴までは知らない。しかし、ホテルの人は、写真を見て、姿を消したのが母さんだと言ったよ」

「じゃあ……本当にお母さん……」

「どうもそうらしい」

と、布川は言った。「あと二、三日、ここに残って、調べてみたい。お前、大丈夫か」

「うん。――私は大丈夫」

本当は、早く帰って来て、と叫びたかったのだ。

「じゃ、頼んだぞ」

「お父さん……」

「何だ？」

「どうしてお母さん、そんなことになったの？」

「俺だって分らない」

と、布川は言った。「それじゃ、また連絡する」

「はい」

通話が切れても、香織はしばらくじっとケータイを耳に当てていた。

父から——あるいは母から、かかって来ないかと待っていた。
しかし、その夜ケータイは鳴らなかった。
香織は夜が明けて来るまで、ソファに座っていた。
どうして？　——どうして？
そう自分の中の母へ問い続けながら。
——布川香織、十四歳の出来事だった。

1　彼女

「お二人とも、もうおみえです」

香織も顔をよく知っているレストランの支配人は、そう言って案内して行った。

え？　「お二人」？

他のお客と間違えてませんか？

そう訊《き》こうとしたが、そんなわけはない。香織はよく父とここへ食事に来ている。時には弟の建一も一緒に。

向うが人違いするわけはない。

あれこれ考えている内に、奥の個室に着く。

「おみえになりました」

ドアが開くと、まず見知らぬ女性の姿が目に入った。ちょうど明るく声をたてて笑ったところである。

そして父が見えた。

「早かったじゃないか」

と、父は言った。「もっと遅くなるかと思った」

「クラブ、早く終った」

香織は引いてくれた椅子にかけて、鞄は部屋の隅に置いてもらった。

「何を飲む？」

「オレンジジュース」

香織は、父とその女性がシャンパンを飲んでいるのを見ていた。

「ここのステーキ、お前は気に入ってただろ」

「うん」

布川弥一郎は、シャンパングラスを置くと、

「香織、栗山《くりやま》涼子《りようこ》さんだ」

「初めまして、栗山です」

目立つオレンジ色のスーツを着たその女性は微笑《ほほえ》んだ。

香織は黙ったまま会釈した。

「栗山さんは通訳だ。ここのところ、ずいぶん世話になってる」

と、布川は言った。「英語だけじゃない、フランス語、ドイツ語もこなす」

「社長さん……。そんな大したことでは……」

「いや、大したことさ。どんなに騒がしいパーティの席でも、話しかけられると必ず彼女がいてくれる」

「頭、いいんだ」

と、香織は言った。

むろん、誰が聞いても素直なほめ言葉でないことはわかるだろう。

「まあ、ちょっとお礼のつもりで今日一緒に、と誘ったんだ。構わないだろ？」

「うん、別に」

と、香織は言った。

ちょっとお礼のつもり？――そんなんじゃないよ。

香織にも分っていた。

ドアを開けたときに見えた女の笑顔は、ただの「通訳」のものじゃなかった。

父との間には、何か特別な「空気」があった……。香織ももう十六歳だ。そんなことぐらいは感じる。

「食事を始めよう」

と、布川が言った。

――布川弥一郎は今年五十四歳になった。

今は正式に〈ＳＫ貿易〉社長である。

香織は十六歳の高校一年生。弟の建一は十三歳。中学一年生である。

「建一も来られると良かったが」

と、布川は言った。

「中学はクラブが大変だもの」

と、香織が言った。

オードヴルの皿が来て、食事を始める。

香織は、ウエイターが栗山涼子を見る目で、彼女が初めての客でないこと――たぶん、父と何度かここへ来ているのだと察した。

だからどうというわけじゃない。それほど子供じゃないよ、私。

――母、栄恵がいなくなって二年がたつ。

結局、遺体は発見されなかった。おそらく、崖から飛び下りて、そのまま潮の流れに乗って遠くへ流されたのだろうと思われた。

事情が事情だし、遺体も見付からないので、結局お葬式もしなかった。

父と香織と建一、三人の暮しが、何となく続いた。

家政婦を頼んだりもしたが、何人も替わって、子供たちの方がくたびれてしまった。

掃除は週一回、業者に入ってもらい、洗濯は香織がやった。食事は外食や出前で済ました。

父も毎晩忙しくて夕食の時間には帰らない。香織も高校、建一も中学でクラブ活動に時間を取られ、外食の方が便利だった。

父と二人の子。その三人暮しが、それなりに居心地良くなり始めていた……。

メインのステーキは、いつもの通りおいしかった。柔らかくて、脂っこくない。

父も五十代の半ばで、

「もう、あんまり脂っこいものは食べないようにしないとな」

と言っているが、ここのステーキは喜んで食べている。

香織が真先にステーキを食べ終えてナイフとフォークを置くと、父のケータイが鳴り出した。

「何だ?」

と、ちょっと顔をしかめたものの、出ないわけにいかない電話だったようで、「ちょっと失礼」

と、席を立った。

個室を出ようとして、

「香織」

と振り向くと、「もう片付けてもらって、デザートにしておいてくれ」

「はい」

個室を出ながら、

「もしもし、お待たせしました。——どうも、この度は」

と、父の声が聞こえた。

ドアが閉ってしまうと、急に個室の中は静かになった。

それまでは布川が適当に香織や栗山涼子に話しかけていて、何となく会話がつながっていたのだ。

「――ああ、もうお腹一杯だわ」

栗山涼子は、少し大げさに息をついて見せて、ステーキを三分の一ほど残した皿に、ナイフとフォークを置いた。

そして、きれいに平らげた香織の皿へ目をやると、

「若いのね。まだまだ入るって感じね」

と、愉快そうに言った。

「でも、太りたくないから。甘いものは控えてます」

と、香織は言った。「栗山さんは？」

「耳が痛いわ」

と、栗山涼子は言った。「甘いもの、大好きなの。やめられないのよ」

アルコールも「いける」のは、食事中、ワインを三杯飲んでいたのに、顔も赤くしていないことで分る。

「でも、太ってないですね。――栗山さん、いくつですか？」

失礼な質問かと思ったが、構わないだろう。

「三十六歳。もう若くないわ」

言葉とは裏腹に、「若さ」に自信を持っているのが分る。

香織はペリエを飲んで、

「お母さん、生きてれば四十九です」

と言った。

栗山涼子の顔から笑みが消えて、

「お母様はお気の毒だったわね」

と言った。

「死んだとは決ってません」

つい、言い返していた。

「ええ、そうね。ごめんなさい。そんなつもりで言ったんじゃないの」

と、栗山涼子は急いで言った。

香織は別に父の付合っている女性を、頭から毛嫌いしているわけではなかったし、いじめるつもりもなかったが、

「父とはどういうお付合いなんですか」

と、つい訊いてしまっていた。

「それはお父様がおっしゃったように――」

「ただの通訳というだけじゃないことくらい、私にも分ります」

と、香織は言った。「私だって、もう十六ですから」

「ええ。――そうね」

と、涼子が目を伏せる。

「恋人なんですか、父の？」

問いに答えるまで、時間があった。

きっと涼子は布川が戻って来てくれないかと待っていたのだ。

「――確かに」

と、涼子は思い切ったように、「お父様のことを愛してます」

「そうですか」

「結婚しようと言われています」

と、涼子は言った。「入籍は後でもいいから、一緒に暮そうと……」

香織も、さすがに言葉がなかった。

父がそこまで考えているとは思わなかったのである。

ドアが開いて、

「やあ、ごめん」

と、父が戻って来た。

香織はパッと立ち上って、

「トイレに行ってくる」

と、父と入れ違いに個室を出た。

化粧室で、冷たい水で顔を洗って、やっと息をついた。

「――お母さん」

と、鏡を見ながら呟く。「本当に死んじゃったの？」

むろん、返事はない。

化粧室を出て、個室へ戻ろうとしたとき、

「布川さんだね」

と、急に声をかけられた。

「え？」

振り返ると、大学生くらいの若者が立っている。

「布川栄恵さんの娘だね」

「——そうですけど」

「話があるんだ」

と、手をつかまれ、一瞬、香織は体を固くした。

香織は、自分の手をつかんだその若者の強引さに、敵意に近いものを感じた。

振り切ろうとしても、相手はしっかりつかんで離さない。

「何ですか？　大声出しますよ」

と、香織はその若者をにらみつけた。

「出してみろ。誰か駆けつけて来る前に、その鼻をへし折ってやる」

若者は、およそこんな高級レストランに入る格好をしていなかった。仕事中なのか、作業服らしいものを着ている。

「あなた、誰？」

と、香織は言った。「お母さんの名前を知ってたわね」

「俺は山岸《やまぎし》だ」

「山岸――」

香織は息を呑んだ。

「もう忘れただろうけどな」

「忘れるもんですか」

山岸。それは母、栄恵が心中したとされている相手の男の名だ。

「じゃ、あなたはあの人の――」

「息子だ。お前のお袋のせいで死んじまった親父のな」

「待ってよ。それってどういう言い方？　お母さんのせいだなんて、そんなのって――」

「親父はな、家族思いのやさしい男だったんだ。お前のお袋に誘惑されなきゃ、あんなことになるわけがないんだ」

香織はカッとなって、

「勝手なこと言わないでよ！」

と、怒鳴った。

さすがにその声が聞こえたらしい。レストランの支配人が姿を見せた。

「布川様、どうかなさいましたか？」

若者はパッと手を離した。

「いえ……。あの……」

と、香織は口ごもった。

「お客様に話しかけるんじゃない」

と、支配人は若者へ言った。「修理は終ったのか?」

「終りました」

「じゃ、さっさと帰れ。そんな格好で中をうろつかれちゃ困る」

「伝票にサインを」

と、若者がぶっきら棒に言って、作業服のポケットから伝票とボールペンを取り出す。

「受付でサインをもらえ。——お嬢様、何ともございませんか?」

「ええ、別に」

若者は隅に置いてあった道具箱を取り上げると、大股に行ってしまった。

「——男性のトイレの蛇口が、少し水洩れしていたもので」

と、支配人は言った。「今どきの若いのは礼儀も知りませんな」

香織は黙って肯くと、個室へと戻って行った。

山岸……。確か、母が心中した相手は山岸治樹《はるき》といった。

香織は、その男がどんな人間か、母とどうして知り合ったのかも知らない。知りたいとも思わなかった。

「——デザートが来たところだ」

個室へ入ると、父が言った。

香織は椅子を引いて座った。

栗山涼子は、香織と目を合せないようにしてデザートを食べていた。

父の様子から察すると、栗山涼子は香織と二人になったときの会話について、父に何も話していないようだった。

父がいつもの人当りの良さを見せて、香織に学校のことなどを訊くと、栗山涼子も興味を持ったように話に聞き入っていた。

しかし――本当は香織は父のことも栗山涼子のことも、半ば忘れていたので、父の問いにもいい加減な返事をするばかりだったのである。

父の恋人のことよりも、母の心中相手である山岸の息子と出会ったことの方が、香織にとっては強烈な出来事だった。

蛇口の修理に来て、あの若者はたまたまこのレストランに布川たちが来ているのを知ったのだ。

ケータイを持って出ていた父のことを目にしたのかもしれない。心中が報道されたとき、父の写真が週刊誌にも出ていた。

あの息子は、その個室からちょうど出て来た香織を見て、何か言わずにはいられなかったのだろう。

確かに――今まで考えたこともなかったが――布川家では母親を失ったが、収入には影響がなかった。

しかし山岸の家では……。父親というだけでなく、一家の稼ぎ手を失ったのだ。

あの若者も、普通なら大学生ではないだろうか。おそらく、父親の死で働かなければならなくなったのでは……。

もちろん、だからといって香織に何ができるわけではない。

ただ、香織の手をつかんで離さなかった、あの手にこめられた力には、ただ「父親を死なせた女の娘」だからという以上の、もっと深い根を持つ怒りがあったように感じられたのである。

「コーヒー、紅茶、どっちにする?」

父の声で、香織は我に返った……。


「ごちそうさまでした」

栗山涼子は、布川弥一郎と香織の乗ったハイヤーを、レストランの玄関前で見送った。

香織は、振り返って、栗山涼子がずっと立ってハイヤーを見送っている姿を見た。

「——どうだった?」

と、布川弥一郎が訊く。

何を訊かれているのか、香織は問い返したかったが、わざと気のない様子を見せて、

「おいしかったよ」

と言った。

布川が訊きたいのは、料理のことではなく、栗山涼子のことだと察しはついたのだが。

「それなら良かった」

と、布川はちょっと窓の外の夜の町へ目をやって、「他人が入ると、気になって味が分らなかったかもしれない、と思ってな」

話を何とかして栗山涼子のことに持って行きたい父の気持が、香織にもよく分った。

「――いい人じゃない」

と、香織が言うと、布川はホッとした様子で、

「そう思うか？」

「うん。――再婚するの？」

いきなりそう訊かれて、布川はあわてた。

「いや、まあ……そこまで決めているわけじゃないが……」

「いいよ、隠さなくて」

「もしそうなっても、お前は大丈夫か」

「私が再婚するわけじゃないものね」

と、香織はちょっと笑って言った。

布川も、急に肩の荷が下りた、という様子で、

「じゃ、彼女にそう言っとくよ」

と言った。

「――お父さん」

「うん？」

「山岸って、憶えてる？」

「それは――母さんの……」

「うん。うちも大変だったけどさ、山岸って人の家も大変だったろうなと思って」

「まあ、それはそうだろうが……。しかし、どうして急に？」

「たまたま、トイレに立ったとき、お店の人が予約の電話を受けてて、『山岸様ですね』って言ってたの。どこかで聞いた名前だな、と思って……。後で思い出してね」

「そうか」

「じゃ、お父さんはその後、山岸って家がどうしたか、知らないのね」

「ああ、全く」

「そう。――なら別にいいの」

香織は座席に座り直すと、「着いたら起こして」

と言って目を閉じたのだった……。

2　孤立

「あーあ、参った」

と、香織は埃《ほこり》で真黒になった両手を見下ろして嘆いた。「もう手がカサカサだよ」

「一年生はしょうがないんだって」

と、クラスメイトの安田清美《やすだきよみ》が言った。

「さ、もう帰ろう」

「うん」

二人は洗面所で手を洗った。

「一回洗ったくらいじゃきれいにならないね」

と、香織は首を振って、「そうだ。今度は手袋持って来よう」

「あ、それいいかも」

――M女子学園の高校一年生。

香織は「できるだけ楽なクラブ」というので図書部に入った。

しかし、一年生は図書館の本の整理という「汚れ仕事」をさせられるので、こうしてその度に手が真黒になるのである。

やっと手の汚れを落として、安田清美と二人、校舎を出る。

グラウンドでは、陸上部や卓球部など、スポーツ関係のクラブの子たちがまだ走ったりしている。

「――あれよりはいいか」

と、清美が言った。

「走るの、嫌いじゃないけどね」

と、香織は言った。「でも、時間取られるのが惜しくて。朝も早いでしょ」

弟の建一は、それこそサッカー部なので、朝も早くから練習がある。

二人が校門の近くまで来ると、

「うるせえな！　何だって言うんだ！」

と、怒鳴る声が聞こえて来た。

「この辺をうろつくな！」

と、脅すように言っているのは、学園のガードマンだ。

「――どうしたんだろうね」

と、清美が言った。

「あの声……」

「知ってるの？」

「そうじゃないけど……」

香織は足を止めた。

ガードマンとやり合っているジーンズの若者は、一週間前、あのレストランで会った、山岸の息子に違いなかった。

「これ以上この辺にいたら、警察へ突き出すぞ！」と、ガードマンが怒鳴っている。

山岸が香織に気付いた。

「――どうしたんですか？」

香織は、ガードマンに声をかけた。

「ああ、どうも」

香織は毎朝必ずガードマンにも挨拶するので、向うも顔を憶えている。「この男が、さっきから校門の前を行ったり来たりしていてね、怪しいんで」

「道を歩いてちゃいけないのか！」

と、山岸は顔を真赤にしている。

「この人、知り合いです」

と、香織は言った。「すぐそうやってケンカする。だめよ」

山岸はふてくされて黙った。

「すみません。私のこと待ってたんです」

香織は山岸の腕をつかんで、「大丈夫です。すみません」

と、引張って行った。

呆気に取られている清美へ、

「ごめん、今日はここで」

「分った……」

ともかく校門から離れよう。

香織は山岸を連れて足早に五、六分歩くと、足を止めた。

「――私を待ってたんですか？」

「ああ」

「それで、ご用件は？」

と、香織は真直ぐに相手の目を見て、「私立の女子校の前でウロウロしてたら、怪しまれるに決ってるじゃありませんか」

「大した用じゃない」

と、山岸は言った。「ひと言、言っときたかったんだ。お前のおかげでクビになったってな」

香織は一瞬言葉を失った。

山岸は香織に背を向けて、足早に立ち去ろうとした。

背が高く、脚の長い山岸はたちまち離れて行ってしまったが、香織はやっと立ち直ると、思い切り駆け出して、その後を追った。

そして、山岸の前へ回ると、行手をふさいで、

「何よ！　言いたいことだけ言って、勝手に行っちゃわないでよ！」

と、息を弾ませながら言った。

「これ以上話すことなんかねえよ」

と、山岸は言った。

「そっちになくても、こっちにある」

と、香織は言い返した。「でも——道で立ち話はやめましょ。ここ、みんな通るから」

香織は肩で息をついて、

「来て。——学校の子のあんまり来ないお店があるから」

と、山岸を促した。「早く。こっちよ」

——その喫茶店は、通学路から外れているというだけでなく、女の子好みでないせいで、目につかないのだった。

甘いものなど一つもメニューになくて、コーヒーと紅茶だけ。

客も、大方は常連の中年男性だった。

「私、コーヒー好きだから」

と、香織は言った。「あなたは？　何か頼んでよ。私が払うから」

「冗談じゃねえ」

と、山岸は顔をしかめて、「俺もコーヒー。——自分の分くらい払う」

「好きにして」

と、香織は言った。

二人はともかく水を一口飲んだ。その動作が、あまりにぴったりと同時だったので、何だかおかしくて、香織はつい微笑んでいた。

「――私、布川香織」

と、名のって、「あなたは？」

「山岸だって言ったろ」

「ちゃんとフルネームで答えてよ。礼儀でしょ」

「山岸修介《しゅうすけ》だ」

二人はそれきり何となく黙ってしまった。

コーヒーが来て、やっと口を開く。

「私のせいで、仕事クビって、どういうこと？」

と、香織は訊いた。

「あのレストランさ」

「蛇口直しに行った、って所ね」

「あのとき、お前が大声出したから、店の方からうちの社長へ苦情が来たんだ」

「大声って……。あなたがいきなり私の腕をつかんだんじゃないの」

「腕じゃない。手だ」

「大して違わないでしょ」

「ともかく、あのレストランの支配人が、うちの社長へ電話したんだ。『お客様に失礼な振舞があった』ってな」

「それでクビ？　ひどいわね」

「お前が支配人に言ったんだろ」

「言わないわよ！」

と、つい大声を出して、あわてて店内を見回し、小声でもう一度、「何も言ってないって！」

「分った。もうどうでもいい」

と、山岸修介は言って、コーヒーを飲んだ。

香織もゆっくりとコーヒーを飲んで、

「で、仕事、見付かった？」

と訊いた。

「そう簡単にゃ見付からないさ」

と、山岸修介は肩をすくめた。「あの工務店だって、やっと雇ってもらったんだ」

香織は、自分が係《かかわ》ることではないと思ったが、つい口を開いていた。

「お母様は――どうしてるの？」

修介は顔を上げて、

「お袋？　そんなこと聞いて、どうするんだ」

「どうって……。ただ、この間あなたに会って初めて考えたの。うちは父が残ったから、お金には困らなかった。でもあなたの所は父親が亡くなったんですものね」

「お袋は──もともと体が弱かったんだ。親父が他の女と心中したって聞いて、立ち直れなかった」

「え……」

「入院して、まだ寝たきりさ」

「そう……」

「その費用もかかる。遊んじゃいられないんだ」

と、修介は言った。「ここのコーヒー、旨いな」

「あなた……大学生なの？　本当なら、って意味だけど」

「ああ。二年生で中退した。それどころじゃなかったよ」

「今……二十歳？」

「二十一だ。お前は？」

「十六」

「子供だな」

と、修介は即座に言った。

「高一よ。子供じゃない」

「コーヒー飲むからって大人じゃないぜ」

と、修介はからかうように言って、「ただこのコーヒーの味が分るってのは偉い」

「無理にほめないでよ」

香織はコーヒーにミルクをたっぷり入れた。

「これからどうするの？」

と、香織は訊いた。

「どうもこうも……退職金も出ないしな。ともかくアルバイトでも何でも、仕事を見付けるさ」

「――あてはあるの？」

「まだ若いからな。どこかで使ってくれるだろう」

香織は、父親のことを考えていた。

父は社長だ。――何か小さな仕事ぐらい、この山岸修介のために世話してくれるだろう。

しかし、香織はなかなか言い出すことができなかった。

修介自身、父の心中相手の夫に仕事をもらっても、反感を覚えるだけだ。

「――引き止めて悪かったな」

と、修介は立ち上ると、「お前の分まで払えなくてすまないな」

と、小銭入れを開けて、百円玉をテーブルに並べた。

「――じゃ、元気でな」

と、修介は言った。

「あなたもね」

と、香織は言った。

「うん」

修介は、足早に店を出て行ってしまった。

――香織は、急に体の力が抜けるような気がして、背もたれに体重を預けた。

これでいいんだ……。

修介に仕事を世話するなんて、まだ十六歳の少女のすることじゃない。

そうだわ。

修介に同情しても、そのことは却《かえ》って彼のプライドを傷つけるだけだろう。

もう修介は行ってしまった。

香織は、修介の電話番号も何も聞かなかった。連絡したくてもできないのだ。

そう思うと、むしろ気楽だった。

「ごちそうさま」

自分の分と一緒にコーヒー代を払って、香織は店を出た。

駅の方へ向いながら、香織は何となく行き来する人の中に、修介の姿を捜している自分に気付いた。

しかし、もちろん修介はとっくに電車に乗って行ってしまったのだろう。どこにも姿は見えなかった……。

「──香織」

と、呼ばれて振り返ると、クラスメイトの安田清美が立っている。

「あれ？　先に帰ったんじゃなかったの？」

「心配でさ。あの男の人、誰？」

「ずっと待っててくれたの？」

「たぶん、香織、あのコーヒー屋さんに入ってるんじゃないかなと思って見に行ったの」

「へえ！　心配かけてごめん」

「あの男の人、さっさと駅の方へ行っちゃったけど。──大丈夫だったの？」

清美の気持が嬉しかった。

「清美には話してもいい。でも絶対秘密だよ」

「うん！」

清美の目が輝いて、もう話さずにはいられそうになかった……。

3　踏み外す

山岸修介とコーヒーを飲んでからひと月ほどたった。

香織も特別修介のことを思い出すでもなく、あれから数日は帰りがけ、正門を抜ける度に、その辺に修介がいないかと捜していたが、すぐに忘れてしまった。

秋の高校は何かと忙しく、特に中間テストが終ればすぐに文化祭が控えている。

修介のことなど、思い出すこともなくなっていた。

——その日、清美はテストの後、風邪で熱を出して休んでいた。

香織は、帰りに清美を見舞に行こうと決めていた。

図書館での仕事をすませて手を洗っていると、

「布川さん」

と、一年先輩の女の子が声をかけて来た。

「はい」

「今、誰だか、あなたを捜してたわよ」

「え？　先生ですか？」

「違う。『布川って人、いるか』って」

一瞬、山岸修介のことを思い出す。

「どんな人ですか」

「女の子。高校生じゃない？　でも、ここの生徒じゃないよ」

「誰だろう……」

「図書館の玄関の所にいる」

「すみません」

と、行きかけると、

「布川さん、文化祭、図書部も展示を出すのよ。一、二年生が中心でやるから、そのつもりでね」

「はい！」

香織はハンカチで手を拭きながら答えた。

手が汚れるので、タオルのハンカチをいつも余分に持って来ている。

鞄を手に、図書館を出る。

――スラリと背の高い女の子が立っていた。

制服ではないが、ブレザーとスカートで、学校帰りかと見えた。

「あの……」

と、香織が声をかけると、ハッとした様子で、一瞬逃げ出しそうになる。

しかし、思い止まった様子で、どこか暗い目で香織を見た。

「――布川ですけど」

「布川香織さん？」

「そうです」

「私――」

と言いかけて、目を伏せ、「私は……山岸のぞみ」

山岸……。

「あの、山岸修介さんの……」

「妹です」

妹がいるとは聞いていなかったので、ちょっと当惑したが、あのとき、兄妹《きょうだい》がいるかどうかまでは聞かなかった。

「そうですか。――高校生ですか」

「二年生……」

「じゃ一つ上だ」

香織は微笑んで、「私に何か？」

「実は――」

と言いかけて、山岸のぞみは口ごもり、「お願いがあって……」

「私に、ですか」

「兄から、あなたのこと、聞いてたから」

「私にどんな……」

山岸のぞみは思い詰めた目で香織を見つめると、

「兄が警察に捕まってるの！　お願い。力になって」

香織は愕然《がくぜん》として、立ちすくんでいた。

「あの……」

香織は、やっと我に返って、「修介さん――お兄さんは、一体何やったんですか？」

「兄が悪いんじゃないんです」

と、山岸のぞみは訴えるように香織をじっと見つめて、「ただ――タイミングが悪かったっていうか」

しかし、何もしないで警察に捕まるわけもない。

「兄が前に勤めてた工務店をクビになったの、ご存知でしょ」

と、のぞみは言った。

「ええ……」

香織は、その件については多少自分にも責任があると感じていたので、つい目をそらした。

しかし、のぞみの口調に、香織を責めている調子はなく、

「兄は毎日必死で仕事を探して歩いてます」

と、のぞみは言った。「でも、なかなかいい仕事が見付からず……。兄がくたびれて、お

茶を飲みに、小さなパーラーに入ったら、お店の人に空いた席を指さされて、そこへ座ったんです。そして気が付くと、手さげの袋が一つ、椅子の上に置いてあって、兄は入れ違いに出て行った女の人が忘れて行ったのだと思って……。兄はその手さげ袋を持って、店の表に出て、その人がどっちへ行ったのかと左右を見ていました。すると、いきなり腕をつかまれて、『泥棒!』と叫ばれ……」

「じゃ、その手さげ袋は――」

「トイレに行ってたお客のものだったんです。お店の人が空席じゃないのに兄を座らせたのが間違いだったんですけど、その女の客は、もう兄が盗んで逃げようとしたと思い込んでしまって騒ぎ立て、お店の人に一一〇番させたんです」

「でも――事情は説明したんでしょう?」

「いくら兄が言っても取り合ってくれず、兄もカッとなりやすい性格なので、お店へやって来たお巡りさんに食ってかかったらしいんです。それで怒らせてしまって……」

香織は、修介にちょっと会って話しただけだが、仕事探しが上手《うま》くいかないときに、そんな疑いをかけられたら、腹を立てるのも分る気がする。

「――ともかく、今のままじゃ、兄は本当に泥棒にされてしまいます。お願いです。何とか力になってやって下さい」

「でも私……」

高校一年生の身で何ができよう。

しかし、必死の表情ののぞみを見ていると、むげに断るのも気の毒になった。

「兄は前に何か捕まるようなことをしたわけじゃありません。誰か身許を保証してくれる人がいればきっと——」

「待って」

と、香織は遮って、「もしかすると……」

どうしてそんなことを思い付いたのか、我ながらふしぎだった。

「ちょっと待ってて下さい。すぐ帰りの仕度して来ます」

と、香織は言うと、のぞみを待たせて、駆け出した……。


「まあ、香織さん」

父が社長をしている〈SK貿易〉のビルである。

ロビーで待っていると、やって来たのは、父の「通訳」、栗山涼子だった。

「こんにちは」

「お父様は今取引先の方とお食事に出られてますけど」

「いいんです。栗山さんに会いに来たの」

「まあ、私に？　何のご用かしら」

「お願いがあって、ぜひ聞いてほしいんです」

「私にできることなら……」

「お願い！　それと、このことは父に黙っててほしいの」

栗山涼子は、ちょっと周囲を見回すと、

「ちょっと。——こっちへ」

と、香織の腕に手をかけて、ロビーの奥の方へ連れて行った。

「栗山さん……」

「香織さん。まさか——お医者様を紹介しろ、って言うんじゃないでしょうね。産婦人科の……」

香織も、涼子がそう受け取るだろうということは分っていた。

「違うわ。栗山さん、私がそんなことしてると思ってるの？」

と、わざと怒って見せる。

「ごめんなさい。でも——」

と、涼子は少しあわてたように、「それじゃどういうこと？」

「一緒に警察へ行ってほしいの」

「警察？」

「私の親友のお兄さんの身許保証人になってほしいの。ね、いいでしょ？」

「あの……」

「頼みを聞いてくれたら、お父さんとのこと、反対しないで応援してあげる」

涼子もさすがに詰った。

しばらく困ったように考え込んでいたが、

「――分りました。詳しい話を聞かせて下さい」

と、ため息をつきながら言った。

「ありがとう！　きっと聞いてくれると思ってたわ」

「待って下さい。まだお引受けしたわけじゃ――」

「警察へ行く途中で説明する。その方が時間の節約になるし、お父さんが戻る前に、全部済ませて帰りたいでしょ？」

香織は、有無を言わせず涼子の腕をつかんでビルの玄関へと引張って行った……。

「じゃ、私はタクシーで社へ戻りますから」

と、栗山涼子は言った。

「ご苦労様」

と、香織は微笑んで、「ありがとう、涼子さん」名前で呼ばれて、涼子はちょっと苦笑すると、

「くれぐれも、お父様にご迷惑をかけないで下さいね」

「念を押されなくても、何も悪いことなんかしてないんだもの。ね、修介さん？」

――涼子に事情を説明してもらった上で、山岸修介の身柄を引き取った。

あくまで単なる誤解だと言い張る修介に、当の手さげ袋の持主の女性もやや冷静になると、

「もしかすると、盗もうとしたんじゃないかも……」

と自信なげになり、警察の方でも困っているところだった。

涼子が現われたことで、警察も訴えた女性もホッとした、というのが正直なところのようだ。

「お兄さん」

と、山岸のぞみが修介をつついて、「ちゃんとお礼を言って！」

修介はむくれて、

「だって、何もしてないんだぜ」

「だからって、お世話になったことは変らないでしょ。お仕事中に、わざわざ来て下さったのよ」

妹にたしなめられて、修介も渋々ではあったが、涼子の方へ、

「ありがとうございました」

と、ピョコンと頭を下げた。

「構わないのよ。香織さんの頼みだったから――。でも、一応形の上だけでもあなたの人柄を保証したことになっているんだから、後でちゃんと連絡して」

「はい」

涼子は名刺を修介に渡して、

「このケータイにね。それに、あなた失業中なんですって？」

「仕事を探してます」

「早く仕事に就いた方がいいわね。今度みたいなことが、またあるといけない」

すかさず、香織が口を出して、

「涼子さん、何か修介さんに仕事世話してあげられない？」

「私がですか？　私はただの通訳ですよ」

「でも、父の『彼女』じゃない。何か話してみてよ。ね？」

涼子は肩をすくめて、

「お約束はできませんけど……。じゃ、山岸君だったわね。ともかく一度明日にでも会社に来てちょうだい。そんな格好でなく、背広くらい着てね」

涼子は、ちょうどやって来た空車を停め、

「じゃ、香織さん」

「どうもありがとう！」

走り去るタクシーに、香織は手を振った。

「――お兄さん、良かったね」

のぞみが涙ぐんでいる。

「泣くなよ。俺は何も悪いことなんか……」

と言いかけて、「――心配かけて、ごめんな」

と、妹の肩を抱く。

「お母さん、寝込んでるし、これでお兄さんがいなくなったら……。私、どうしたらいいの?」

「分ったよ。心配するな。俺も気を付けるから」

辺りはもう暗くなり始めていた。

「良かったわ、ともかく」

と、香織は言った。「ね、何かその辺で食べない? お腹空《す》いたでしょ」

修介は香織を見て、

「どうしてわざわざこんなこと……」

「のぞみさんに頼まれたからよ。いい妹さんがいて幸せね」

「ああ……」

「私や涼子さんに助けられるのには抵抗あるかもしれないけど、妹さん、泣かせるよりはいいでしょ」

修介は、どこかふっ切れたような笑顔になって、

「分ったよ。——ともかく礼を言うよ」

「じゃ、何か食べよう」

と、香織は言った。「おこづかい、もらったばっかりだから、そこのファミレスぐらいならおごる!」

「それじゃ、おごってもらうか」

当然、修介がお金を持っていないことを、香織は察していたのである。
修介ものぞみも、今は明るく笑い声を上げながら香織と一緒に歩き出した。

4　刑事

「時間、まだ大丈夫ね」

と、香織は腕時計を見て言った。

「でも、香織さん、わざわざ……」

と、山岸のぞみが言う。

「お見舞させて、お願い」

と、香織は言った。

「それはもう……」

山岸修介とのぞみの兄妹について、香織は病院へやって来た。

——むろん、香織も大学病院とか、この手の総合病院に人を見舞ったりしたことはある。

しかし、ここは個人病院といっても、かなり古びて、中に入るとあちこち傷《いた》んでいる所が目に付いた。

「こんばんは」

と、のぞみが夜間受付に声をかける。

香織は、山岸兄妹の母親を見舞に来たのだ。

ファミレスで三人で夕食を取り、話している内に、流れでこうなった。

香織の母と心中したことになっている山岸治樹の妻である。

香織は、その母親と、看護師たちにもお菓子を別に買って持って来た。

階段を上りながら、

「ここ、どういう病院？」

と、香織は訊いていた。

「いや、たまたまお袋が倒れたとき、この近くにいてさ、ここへ運び込まれたんだ」

と、修介は言った。

「そのまま、ずっと……」

と、のぞみは言った。「本当はもっといい病院に移したいけど……」

「そうね。何だか侘《わび》しい……」

「いい病院は金がかかる。仕方ないさ」

と、修介は肩をすくめて言った。「宝くじでも当ったら、一流病院の個室にでも入れるよ」

「でも……」

香織は、自分がそこまで口を出してはいけない、と思ったが、父に相談して、あまり高くない病院を探せないかと考えていた。

でも、今はまだ何も言えない。

「この階の奥なの」

と、のぞみが言った。

「ナースステーションに、このお菓子、置いて行きましょう」

香織はナースステーションを覗いたが、空っぽで、パネルのナースコールのランプが三つも四つも点いていた。

「誰もいないの？」

「夜は人手を減らしているらしくて……。あ、戻って来た」

若い看護師が顔を真赤にして駆けて来た。

「あ、山岸さん、こんばんは」

と、息を弾ませて、「当直の先生がどこかに行っちゃって、捜してたものだから……」

「あの――私のお友だちの布川さん」

と、のぞみが紹介した。

「いつもお世話になりまして」

香織は菓子の手さげ袋をカウンターに置いた。

「まあ、すみませんね！　夜中の眠気覚ましにいただきますわ」

と、その若くて気の良さそうな看護師はニッコリ笑って言った。

「じゃ、ちょっと母を見て来ます」

と、のぞみが言って行きかけると、

「あ、山岸さん」

と、看護師が呼び止めた。「さっき、あの男の人がお見舞に」

声をひそめているところを見ると、あまり「来てほしくない見舞客」らしい。のぞみも眉をひそめて、

「また？　一人ですか？」

「いえ、今日は女の人を連れてね。まだいるかもしれないわ」

「ありがとう」

のぞみは、ちょっとためらって、「香織さん、もしかしたら……」

「誰がいたって構わないわ」

と、香織は言った。「誰なの？」

「それが……」

話している内、のぞみは足を止め、「ここです」と言った。

「六人部屋ですけど……」

名札は四つしか入っていなかった。その中に〈山岸信代《のぶよ》〉とあった。

「昨日は五人いたけど……」

「死んだんだろ」

と、修介が言った。

「お兄さん、やめてよ」

のぞみがそっと病室のドアを開ける。

消燈時間を過ぎているのだろう、病室の明りは消えて暗くなっていたが、四つのベッドを囲むカーテンの中はまだ明るく、患者の誰もが起きているのが分った。

奥の窓側の方のベッドが、山岸信代らしかったが、そのカーテンには立っている二つの人影が映っていた。

「――諦めないぜ、俺は」

という男の声が聞こえた。「あんたが病人だろうと知ったこっちゃない。こっちはこっちで事情ってもんがあるんだ」

病人を脅しているかのようで、香織は腹が立った。

修介がムッとしているのが分った。しかし、のぞみが先に歩み寄って、カーテンをシュッと開けた。

「――お前か」

振り返ったのは、五十がらみの、目つきの良くない男で、「感心に見舞か」

「もう帰って下さい」

と、のぞみは言った。「家族以外の見舞は八時までです」

「俺は見舞に来たわけじゃない」

と、男はいかつい顎をなでて、小馬鹿にしたように笑うと、「これも役目だからな」

「母が何を知ってるっていうんですか！」

と、のぞみがじっと男をにらみつける。

男は修介に気付いて、

「何だ、兄貴の方も一緒か。クビになったそうだな、工務店」

「あんたには関係ない！」

と、修介は顔を紅潮させて、男につかみかかりそうにした。

「いけないわ」

と、ベッドから、弱々しい声がした。「やめなさい、修介」

「じゃ、引き上げるぜ」

男はベッドの方へ、「また来るからな」

と声をかけ、「行こう」

と、一緒にいた女を促した。

その女は、香織からは、男のかげになって、よく見えなかったが、男が動いたので、疲れた印象の中年女が目に入った。

男は初めて香織に気付いて、

「誰だ？」

と、けげんな表情を見せた。

「私のお友だちです」

と、のぞみが言った。

「ふーん。友だちがいるのか、お前にも。せいぜい大切にするんだな」

男は肩を揺って出て行った。女はうつむいて黙ってついて行く。

「あれは……」

「刑事なの」

と、のぞみが言った。「本当に感じが悪いったらありゃしない！」

「のぞみ」

ベッドから、少しかすれた声がした。「どなたなの？」

「突然すみません」

と、香織は言った。「のぞみさんの友だちで、香織といいます。これ、甘いものがお好きかどうか分らなかったんですけど、よろしかったら召し上って下さい」

「まあ……。すみません」

山岸信代は、たぶんまだ四十代の半ばだろうが、髪も白くなって、年老いて見えた。

「のぞみには苦労をかけてましてね……。なかなかお友だちもできないようで。ぜひ、お付合いしてやって下さいね」

「大丈夫ですよ。のぞみさん、可愛いし、きっと凄くもてますよ」

「香織さん」

と、のぞみが笑いをこらえている。

「変なボーイフレンドをこしらえたら、俺がぶっ飛ばしてやる」

と、修介が言った。

「お兄さんになんか邪魔させないよ」

と、のぞみが言い返す。「お母さん、お茶のペットボトル、買っとこうか」

「ああ……。そうね。じゃ二本くらい」

「うん。じゃ、買って来る」

のぞみが病室を出て行くと、

「修介……」

と、信代が手招きして、「仕事の方は？　ちゃんとうまく行ってるの？」

修介は肩をすくめて、

「ああ。どうして？」

「そのなりが……。だらしないわよ。もっときちんとしなさい」

「分ったよ」

修介も母親には頭が上らない様子だった。

「私も、ちょっと何か飲んでくる」

と、香織は言って、ベッドから離れて病室を出た。

廊下に出て息をつく。——病気の母親を見ていると、母、栄恵のことを思い出してしまった。

お母さん……。本当に死んじゃったの？　それともどこかで生きてるの？

「――香織さん」

ペットボトルを手にしたのぞみが戻って来た。

「お兄さんが二人で話したいかな、と思って」

「香織さん、気をつかってくれて、ありがとう」

と、のぞみは言った。

「だって、『布川』なんて、そうある苗字じゃないからね。ただの『香織』にしておいて」

「うん」

「でも――お母さん、具合どうなの？」

「本当は手術した方がいいらしいけど……。本人がいやがってるの。麻酔で眠ったら、二度と目を覚まさないんじゃないか、って怖いらしい」

「そう……。気持は分るけど」

と、香織は肯いて、「ね、あの刑事、どうしてお母さんのところへ？」

「それが……」

と、のぞみは口ごもった。

「無理に話さなくていいわ」

「いえ、そういうわけじゃないの。――あの刑事、武居《たけい》っていって、父の心中を偽装だと思ってるのよ」

「どうして？」

「あの心中のあったころ、父の勤めていた会社で多額の使い込みが発覚したの。一億円近かった」

「へえ」

「武居は、父がその使い込みの犯人で、心中したふりをして逃げたと思ってる。でも、父がやったって証拠は見付からなかったのよ」

「それでも、まだ？」

「諦めないで、ああやってときどき母の所へやって来るの」

「あの一緒にいた女の人は？」

「武居は、父の愛人だった、って言ってる。川根初子《かわねはつこ》っていうんだけど……。本当なのかどうか分らない」

「そう……」

香織は肯いて、「あなたのお父さんも、私の母も、本当は生きてて、どこかで暮してるのかもしれないわね。そう思うこと、ない？」

「毎晩思ってる」

「そうよね……。死のうとするとき、二人とも、遺された家族がどんな辛い思いをするか、考えなかったのかな……」

香織はそう言って、「――戻ろう。お母さんをあんまり疲れさせない方が」

と、のぞみを促した。

「じゃ、ここで」

と、駅の改札口で、香織は修介たちと別れた。

「今日はありがとう」

と、のぞみが手を振る。

「明日、ちゃんと会社に行ってね！」

と、香織が念を押すと、修介は大きく肯いて、手を上げた。

電車が来る。——香織は少し急いでホームへ駆け上った。

ちょうど電車が停ったところだ。——息を弾ませながら乗って、少しいい気分で手すりにつかまっていると、肩を叩かれた。

振り向くと——あの武居という刑事が立っていたのである。

「同じ方向らしいな」

と、刑事は言った。「一緒に行こうか」

「でも……」

「座ろう」

仕方なく、香織は武居と並んで、空いた席に座った。

「——あの娘から聞いたか」

電車が動き出すと、武居が言った。

「あなたのことですか」

「ああ。さぞ悪口ばっかりだったろうな」

と、武居は愉快そうに言った。

「――私には関係ないですから」

と、じっと前方へ目をやる。

「あののぞみって娘とは長いのか」

訊かれて、香織は少し考え、

「そうですね。ざっと三十年くらいのお付合い」

武居は笑って、

「面白い子だ」

「そうですか？」

「なあ、一つ頼みがある」

と、武居は言った。

「何ですか？」

「あそこの親父が子供たちに何か連絡して来たら、俺に教えてくれないか」

香織は思わず武居をまじまじと見つめてしまった。武居はニヤリとして、

「とんでもないことを言う奴だと思ってるだろ？」

と言った。「しかしな、考えてみろ。あそこの親父が、もし本当に一億円横領して逃げてるとしたら、どうだ？　家族を放り出して、ひどい奴だと思わないか」

「でも――」

「確かに、はっきりした証拠は見付からなかった。しかし、偶然だと思うか？　ちょうど横領の発覚した時期に、たまたま心中したってのは、妙じゃないか？」

香織は黙っていた。

「大体、今どき心中なんかするか？　二人でどこかへ姿をくらましたと思う方が自然だ」

と、武居は続けた。「どうだね？」

「私は――のぞみさんの気持を尊重します」

「そうか」

「それに、私にそんなこと頼むのは不適当です」

「どういう意味だ？」

「私の名前、布川香織です」

どうせいずれは分ることだ。

「布川？」

「山岸さんと心中した布川栄恵の娘です」

さすがに、武居もびっくりした様子で香織を眺めていた。

「もし、のぞみさんのお父さんから連絡があったら、それは私の母がどうなったか、知るための手がかりです。すみませんけど、あなたに連絡するとはお約束できません」

武居は急に目が覚めた、という顔で香織を見ていたが、

「こいつは恐れ入ったな」

と、愉快そうに、「まあ、君の言うのももっともだ。その話は諦めよう」

「助かります」

と、香織は澄まして言った。

「さて、と……。俺は次の駅で降りる」

と、武居は立ち上って、「じゃ、また会おう」

と、ドアの方へ行きかけたが、ふと足を止め、戻って来ると、

「一つ訊いていいか」

「え？」

「君は母親が生きてると思ってるのか」

突然の問いに、香織は一瞬詰ったが、

「――どうとも思っていません。もう二年もたってるんですもの。想像してみてもむだでしよ」

電車がホームに入って停る。

「君は利口な子だな」

武居はそう言うと、大股に電車からホームへと出て行った。

ドアが閉り、電車が動き出すと、香織はホッとした。そして武居がホームで手を振って見せたが、わざと目をそらして、気付かないふりをしたのだった……。

5　無言

「はい！　サンドイッチ、買って来たから適当に食べて！」

先輩の声が響いて、いささか殺気立っていた講堂の空気がホッと緩む。

「布川さん、安田さん、少し休んで」

二年生で、後輩にもやさしい女の子が、声をかけてくれた。

「はい！――すみません」

香織は起き上って、「清美、食べようか」

「うん」

安田清美が息をついて、「手が汚れてるよ。洗って来よう」

「うん。じゃ、一緒に」

香織の手だって、絵具やサインペンでカラフルなパレットのようだ。

二人は一緒に講堂を出て、トイレに行った。

手を洗ったが、一度や二度洗っても落ちない。

「――来年は家の石鹼《せっけん》、持って来よう」

と、清美が言った。

学園祭が、もうあさってに迫っている。図書部の展示は、プランの段階でもめて、スタートが遅れた。

「今夜は学校に泊りだからね。そのつもりでいて」

と、先輩に言い渡されている。

「でも、どこも似たようなもんね」

と、香織は言った。「誰も帰れないんじゃない?」

大きな紙を広げて、グラフを書いたり、イラストを貼ったりするので、講堂の床で作業している。他のクラブも同様で、講堂はほとんど満員だった。

「——家に電話しとこう」

清美はケータイを取り出して、自宅へかけている。

香織は昨日から分っていたので、今朝家を出るとき、父に、

「今夜はたぶん帰れないから」

と言って来てあった。

もう夜中、午前一時を過ぎているが、ふしぎに眠気はさして来ない。仲間同士、大勢で一斉に作業しているので、自分でも気付かない内にテンションが上っているのだろう。

むろん、大変ではあるが、学生としての日常からちょっと外れた出来事は、どこかワクワクさせるものだった。

「──うん、大丈夫。サンドイッチの差入れとかあるから」

と、清美がたぶん母親と話しているので、香織は先に講堂へと戻りかけた。

廊下では、やはり作業から抜け出して来た子たちが、そこここでケータイを手に、メールしたり、話したりしている。

香織も一応ケータイをポケットに入れていた。

講堂の中へ入ろうとしたとき、ポケットでケータイが鳴り出したのである。ちょっと面食らった。

こんな時間にかけて来るなんて、誰だろう? 出る前に着信を見ると、〈公衆電話〉になっている。

出たものかどうか迷ったが、ケータイは鳴り続けていた。仕方なく出て、

「はい。──もしもし」

呼びかけてみたが、何も言わない。

「もしもし? どなたですか?」

と、問いかける。

確かに向うに人の気配は感じる。いや、人のざわめきか車の音のようなものが、かすかに聞こえて来る。

「あの──誰ですか?」

もう一度訊くと、唐突に切れた。首をかしげて、

「何よ、一体！」

と、文句を言ってみたが、向うには届かないのだ。

「ごめん」

と、安田清美が追いついて、「香織も誰かにかけてたの？　あの男の子？」

「違うわよ」

と、香織は苦笑して、「さ、食べないとサンドイッチ、なくなっちゃうよ」

男の子、か……。

清美が言っているのは、山岸修介のことだろう。

修介とのぞみの母親、山岸信代を病院に見舞った翌日、香織は父に修介のことを話した。隠しておいて、あの栗山涼子から父の耳に入るのもいやだったのだ。父に妙な誤解をしてほしくなかった。

父、布川弥一郎はびっくりして話を聞いていたが、香織の話を信じてくれたようで、その午後には、修介は資材部でとりあえず契約社員として雇ってもらえた。

後は、少し修介の様子を見て、父に山岸信代がもう少しいい病院に移れるよう、頼んでみるつもりだった。

「——このチキンサンド、いける」

と、香織は肯いて言った。

他のクラブでも、同様の夜食の最中。

どうやらこうした時間が毎年恒例になっているようだ。

ペットボトルの紅茶を飲みながら、香織はサンドイッチを二つ食べた。

「これで元気出そう！」

と、伸びをする。

「自分の分、終ったら、帰って寝るのよ」

と、先輩に言われる。「学園祭当日にダウンしちゃ仕方ないからね」

「はい」

香織は再び床に広げた白紙を相手に、

「さて……」

と、作業を続けようとした。

また、ケータイが鳴った。

「すみません」

香織は、講堂の隅の方へ行くと、ケータイに出た。「――もしもし」

やはり相手は公衆電話からかけている。

「もしもし？ いたずらなら、やめて下さい」

と言ったが、やはり沈黙が返って来るばかり。

しかし、さっきより向うが静かに感じられる。それも分るというのに――。

「もうかけて来ないで。電源切りますよ」

と、香織は言った。

そのときだった。男の声がした。直接、電話口で話しているのではなく、少し離れた所から声をかけて来たようだった。

「どうしたんだ、さかえ」

さかえ？ ——確かにそう聞こえた。

では、もしかして相手は——母、栄恵では？

「お母さん？ お母さんなの？」

と、香織は叫ぶように言った。

一瞬の間《ま》があって、電話は切れた。

「お母さん……」

香織は呟くように言って、手の中のケータイを見つめた。

もうケータイはその夜、再び鳴ることはなかった……。

帰宅は結局朝になった。

香織は、もうすっかり明るい道を元気よく歩いていた。——一睡もしていないのだが、少しも眠くない。

そして、疲れたとも感じていなかった。

むしろ、仕事を一つやりとげた、という充実感を味わっていたのである。

「——ただいま」

玄関を入ると、香織は足を止めた。

女物の靴が脱いである。

栗山涼子が泊ったのだろう、と思った。

「お帰りなさい」

涼子が顔を出した。「お疲れさま」

「ちっとも」

と、香織は言った。「お父さんは？」

「今お仕度を。――朝食作ってるけど、食べますか？」

「ああ、そうね。じゃ、ついでにお願い」

台所で、フライパンのジュッという音がした。

「楽しかった？」

と、涼子が訊く。

「うん、凄く」

「私も経験あるわ。これぞ学生生活って感じがするんですよね」

「そうね。――私、ミルクティー」

「はい。じゃ、着替えて来たら？」

「そうする。今日も午後から作業」

話していると、父が顔を出した。

「帰ったのか」

「今ね。――これから少し寝る」

「あんまり張り切り過ぎるなよ」

と、布川は言って、ダイニングの椅子にかけた。

「はい」

香織は二階へ行きかけて、振り向くと、

「お父さんも、張り切り過ぎないでね」

と言った。

「お前……」

布川が顔を赤らめる。香織は笑って、階段を駆け上って行った。

着替えをして、顔を洗うと、ホッとしたせいか、少し眠くなって来た。

ダイニングへ下りて行くと、もう父も涼子も出かけていて、テーブルに朝食の仕度がしてある。

急にお腹が空いて来た。

アッという間に朝食を済ませて、香織はちょっと迷ったが、ゆうべはむろんお風呂にも入っていない。シャワーだけでも浴びようと思った。

さっさと裸になって、バスルームで熱いシャワーを浴びる。――さっぱりして、いい気持だ。

ふと、ゆうべ、お父さんと涼子さんも、一緒にシャワーを浴びたのかしら、と思った。
母からかもしれない電話を思い出し、ちょっと胸が痛くなった。
もし母が生きていて、帰って来たら？
どういうことになるのだろう？
そんなこと考えていても仕方ないけれども……。
香織は、バスタオルで体を拭くと、体に巻き付けてバスルームを出た。
とたんに、目の前の廊下に立っている男と正面から向き合っていた。
え？——え？　何、これ？
あまりに思いがけないことに、すぐには声も出なかった。
男は、見たこともなかった。
四十過ぎくらいか、背広にネクタイをして、当り前のサラリーマンに見えた。
香織同様、向うもポカンとして突っ立っている。
やっとショックを受けて、
「泥棒——ですか？」
と、妙な訊き方をしていた。「失礼ですけど」
「いや——違う！　そうじゃないんだ！」
と、男はあわてて、「ごめん！　てっきりここに……」
「は？」

「いや、申し訳ない。こんなつもりじゃなかった！」

男はあわてて玄関へと駆けて行った。

「あの――」

ドタドタと音がして、

「いてて……」

あわてて、玄関に転り落ちたらしい。

玄関のドアの音がして、足音が外を遠ざかって行く。香織は急いで走って行き、玄関の鍵とチェーンをかけた。

そして――上り口にベタッと座り込んだ。

今になって、恐怖がこみ上げてくる。

あの男がもし――強盗だったら？　殺されていたかもしれない。

それに、こっちはバスタオル一枚の裸だったんだから……。レイプされてたかも。

香織はしばらく立ち上れなかった。

「――ハクション！」

クシャミが出て、「風邪引いちゃう！」

やっと立ち上ると、急いで部屋へ上って、服を着た。

「でも……何で入って来たの？」

そのときになって思った。――お父さん、玄関の鍵、かけ忘れたんじゃないの？

だって、あの男、どう見てもベテランの空巣とは思えない。香織を見てのあわてぶりも……。

「どうしよう」

本当なら一一〇番するべきだ。

でも、警察が来て、色々調べたりしたら、文化祭の準備に行けなくなる。

もちろん、それどころじゃないのだが……。

電話が鳴った。——居間の電話だ。

少し迷ってから、出てみる。

「もしもし……」

「あの……先ほどは失礼」

男の声にギョッとした。

「あなたですね！　家に押し入ったの」

「違うんだ！　聞いてくれ。頼む」

男は必死の口調。

「どういうことですか」

と、香織は言った。

「君は——布川って人の娘さん？」

「そうです」

「そうか。びっくりさせて悪かった」

「あなた、誰なんですか?」

「うん……。あ、玄関の鍵はかかってなかったんだ! 本当だよ」

「だからって入っていいわけじゃないでしょ」

「それはまあ、その通りだ」

「それで――どうしてあんなこと……」

「実は――私は田島《たじま》という者だ。田島淳一《じゅんいち》。〈淳〉はさんずいの――」

「そんなこと、どうでもいいです」

「そうだね。ゆうべ、君のお父さんたちの後を尾《つ》けて、その家まで来た。夜、近くの公園のベンチで寝てたら、眠り込んでしまってね」

「はあ……」

「目が覚めて、君の家へ行ってみたんだ。玄関のドアが開けられたんで、中を覗くと、シャワーの音がして……」

「あの――覗いたんですか、私のこと?」

と、真赤になる。

「いや、違う! 音を聞いただけだ!」

「本当に?」

「本当だよ! てっきり涼子がシャワーを浴びてるのかと思って、上ってみたんだ。そしたら君が出て来て……」

「涼子って――栗山さんのことですか」

「そう。栗山涼子といってるんだね、今は」

「今は？」

「私は――涼子の夫だ」

「うそ」

と、反射的に言っていた。

「いや、今でも夫だ。法律的には」

香織は面食らった。「元の夫ってこと？」

「じゃ――涼子さんって、独身じゃないの？」

「私と娘を捨てて姿を消した。――もう五年になる」

香織はソファにドサッと座り込んだ。

「――私たちはフランスに住んでいた」

と、田島は言った。「パリでの暮しは涼子も気に入っていたが、その内、私の仕事の関係で、田舎に引っ込むことになって、涼子は段々ノイローゼになって行き……。急に姿を消してしまった」

「娘さんが？」

「うん。そのとき、娘は八歳だった。今は十三歳。中学生だ」

「じゃ、それっきり？」

「フランスでは捜したくても難しい。――結局、その一年後に私は娘と二人で帰国して来た」

「それで――どうして涼子さんを見付けたんですか？」

「全くの偶然だよ。私は地方の都市をいくつか回って、半年前に東京へ来た。娘も中学に入り、ホッとしていた。――ホテルでの、ある会社のパーティに行って、そこで涼子を見付けた」

「涼子さん、通訳です」

「うん。もともと語学は達者だった」

「それで……」

「私は出世コースからは外れていて、そんなパーティに招《よ》んでもらえる身じゃない。出席していた上司から、会社の資料を持って来いと言われて、届けに行ったんだ」

「で、涼子さんと会ったんですか」

「いや、涼子の方は私がいたことなど知らない。私はパーティ会場の入口で、上司を呼び出してもらい、出て来るのを待っていた。そしたら、スーツ姿の涼子が出て来て、ロビーへ行った。私は呆然として見ていたよ」

「――声、かけなかったんですか？」

「五年たっていて、しかも髪型も様子もずいぶん違っていたから、他人の空似かとも思ったんだ」

「じゃあ、涼子さんは何も知らないんですね?」

「君のお父さんとは……」

「結婚すると言ってますけど」

「そうか……」

「でも、あの――」

と言いかけたとき、電話は切れてしまった。

しばらく待ったが、もうかかっては来なかった……。


「香織、頑張ったね!」

と、安田清美は言った。

「うん……」

香織は汗を拭おうともしなかった。

「よくやったね!」

と、先輩も感心している。「もう帰っていいよ。後はやるから」

「はい……」

香織は、自分でもわけが分らないほど、必死で文化祭用の展示を作った。

また徹夜かと思っていたのが、夜十一時ごろに終ってしまったのだ。

「まだ終電に間に合うよ」

と、清美が言った。

「うん……」

「お先に失礼します！」

清美と二人、講堂を出て、

「——ね、清美」

「うん？」

「今夜、泊めてくれる？」

「いいけど……。どうかしたの？」

「そうじゃないけど……。たぶん、お父さんの彼女が家に泊りに来てる。私が朝まで帰らないと思ってるから」

「あ、そうか。お邪魔しちゃいけない、ってわけ？　親孝行だね」

「そうでもないけど……」

栗山涼子と顔を合せたくなかったのだ。

あの田島という男の話、本当かしら？

事実なら、お父さんとは結婚できないだろう。

香織は洗面所で思い切り顔を洗うと、

「——清美。何か食べて帰らない？　お宅の近くで」

「いいね。じゃ、駅前のファミレスに寄ろう。家までは人通りの多い道だし」

「うん！　そうしよう」

香織は清美の肩を抱いて、ギュッと抱き寄せた。

「ちょっと！　香織、汗くさいよ！」

と、清美が笑って言った。

「大事な友、清美」

「――何よ、それ？」

「別に。じゃ、帰ろう」

もしかしたら、今夜もあの田島が、家の近くで夜明ししているのか……。

香織は、ともかく面倒なことに巻き込まれたくなかったのだ。

「行こう！」

と、清美を促して、香織は急ぎ足で校門へと向った。

6　二人

香織が清美と二人、校門を出て歩き出すと、タッタッと足音が追いかけて来た。

振り向くと、

「あら」

と、香織は目をみはって、「どうしたの、修介さん？」

「学校に明りが点いてたんで、もしかしたらまだいるのかな、と思って」

と、山岸修介は言った。

「明日から文化祭で、その準備」

「そうか」

「どうしてここへ？」

修介は、少しためらってから、

「妹から、何か連絡なかったか」

と訊いた。

「のぞみさんから？　私には何も。――どうしたの？」

「のぞみの奴、ゆうべから帰ってないんだ」

と、修介は言った。

「のぞみさんが？　一体どうしたの？」

「よく分らないが……」

と、修介は首をかしげて、「このところ、あいつ誰かと付合ってるらしいんだ」

「つまり……男の人ってこと？」

「ああ。そりゃもう十七だから、ボーイフレンドの一人くらいいておかしくないだろう。でも、何か隠しごとをしてる」

「その男の人と――どこかに泊ってると？」

「分らないが……。もしそうなら、やっぱり心配だ」

「分るけど――のぞみさんがそんなことで修介さんに心配かけるかしら？」

修介はため息をついて、

「あいつも可哀そうだ。――こんなことになって、学校でもひけめを感じてる」

「そう……」

「時にはたまらなくなって、思い切り発散したくなることだってあるだろう。――仕方ないと思うんだ。まだ子供だからな」

修介の話を聞いて、清美が、

「ケータイは通じないんですか？」

と訊いた。

「かけてるけど、電源を切ってる」

香織は、ちょっと迷ってから、

「心当りはないの？　どこか捜すにしても――」

「思い付かない。このところ、仕事で忙しかったしな」

「そうね……。お母さんの所は？」

と、香織は訊いた。

「行ってみたけど……。でも、今日はまだだ。行ってみるよ」

と、修介は肯いて、「すまなかったな」

「待って！」

と、香織は呼び止めて、「私も行くわ。お母さんのことも気になるし。――清美、ごめんね」

「謝ることないよ」

と、清美は言った。「私も行く！」

「でも、清美……」

「付合わせて」

香織はちょっと迷ったが、こんなとき、第三者がいた方がいいかもしれない、と思った。

それに、清美は明るい性格だ。

「じゃ、行こう」

と、香織は微笑んで、「後で何か一緒に食べようね」

「了解!」

と、清美は、香織の肩をポンと叩いた。

「じゃ、今、香織のお父さんの会社で働いてるの? 香織、偉い!」

「何よ」

と、少し照れて、「よく働くって、涼子さんがほめてたよ」

「必死だよ」

と、山岸修介は言った。「今年一杯の働きで、正社員にしてくれるかどうか決める、って言われてる」

「じゃ、頑張って」

と、香織は言った。

電車の中は、居眠りしているサラリーマンが多い。

「以前は、あんな大人を見てると、俺は絶対あんな風にゃならないぞ、って思ってたけど、今は、働くって大変なことなんだな、と思うよ」

と、修介が言った。

「疲れてんだよね、みんな」

と、清美が言った。「うちのパパも、よく酔って帰って来るけど、ちっとも酔って楽しそうじゃないんだよね。何のためにお酒飲むんだろ、って思う」

「今は、どんなに忙しくて疲れても、仕事があるだけで羨《うらやま》しがられる。——何か間違ってるよな」

「修介さん……。あなたのお父さん、生きてると思う？」

「思いたくねえな。もし生きてて、こんな風にお袋や俺たちを放り出して平気でいるとしたら、頭に来るだろ」

「そうだね……」

「香織、どうかしたの？」

「あのね……。ほら、ゆうべの電話が——」

「ケータイにかかってきた？」

「無言だったの。でも、切れる前に、誰かが『さかえ』って呼びかける声が聞こえた」

「さかえ？」

「お母さん、栄恵っていったの」

「じゃ、ゆうべの電話が——」

「絶対そうとは言い切れないけどね。でも、一瞬、ドキッとした」

「大変だな、そっちも」

「まあね……」

父が再婚しようとしている栗山涼子のことでも、とんでもない話になっているのだが、その話はまだできなかった。

「――のぞみの奴、父親みたいな男が好きなんだ。担任の先生に憧れてたこともある。頭の薄くなった四十男だったけどな」

と、修介は苦笑して、「今付合ってるのが、中年太りの高血圧だったりしたら、許さない！」

修介の言葉に、香織はふき出してしまった。

三人は電車を降りて、山岸信代の入院している病院へと向った。

「――のぞみが帰ってないってこと、お袋には言わないでくれ」

と、修介は病室へと向いながら言った。

「分ってるわ」

香織は、この前、ここへ来た帰り、武居という刑事と話したことを修介に言うべきかどうか、迷った。しかし、その後は何も言って来てないし……。

正直なところ、文化祭の準備に手一杯で、武居刑事のことなど、思い出しもしなかった。

病室へ入り、信代のベッドの周囲を囲んでいるカーテンを、修介がそっと開けると、

「母さん……」

と言いかけて、修介は言葉を呑み込んだ。

「――修介。そっとしておいて」

と、信代が言った。

「こいつ……」

母親のベッドに、上体を突っ伏すようにしてのぞみが眠り込んでいたのである。

「良かったね」

と、香織が囁くような声で言った。

「人に心配かけやがって!」

と、修介はため息をついて、「母さん、のぞみ、いつからここに?」

「夕方よ。ゆうべ帰らなかったから、お兄さんに叱られる、って言って泣いてね」

「泣きたいのはこっちだ」

と、修介は文句を言った。

「寝かせておきなさい。——ああ、香織さんでしたね。修介に仕事をお世話して下さったそうで。ありがとうございました」

「いえ。私は別に……」

香織は、ちょっと照れて、「あ、これ、友だちの清美です。お見舞に来たい、って言うんで、一緒に来ました」

「ああ、どうも……。修介やのぞみをよろしく」

「はい」

清美はニッコリ笑って言った。

のぞみが目を覚まして、顔を上げると、

「――あれ？　ここ、学校？」

と言った。


「全く……」

と、修介が渋い顔で、のぞみをにらんでいる。

「そんな顔しないの。消化に良くないわよ」

と、香織は言った。

病院に近い、二十四時間オープンのファミレスで、香織たち四人は食事をしていた。

のぞみは無言で一心に定食を食べていた。

「――でもね」

と、清美が言った。「怒ったりしちゃいけないわ。のぞみさんも、自分で考えてやったことだもの」

「怒りゃしない。――不機嫌なだけだ」

と、修介は仏頂面《ぶっちょうづら》で、それでも自分の定食はしっかり食べている。

のぞみは、修介に黙ってアルバイトを始めていたのである。そしてゆうべは突然夜勤をやってくれと言われ、帰れなかった。

「気持は分るわ」

と、香織は言った。「大丈夫よ、のぞみさん。私たちがついてる」

「ありがとう……」

のぞみは真先に食べ終った。

「ねえ、修介さん」

と、香織は話を変えて、「お母さん、病院を移ってもらえるかしら」

「移るって？」

「父に話して、もっといい病院に入れるようにしてもらう」

「そんな……。そこまで甘えられないよ」

「何も、修介さんに楽させようと思っちゃいないわ。いい病院でなら、お母さん、お元気になられるかも。ね？　それなら、遠慮してる場合じゃないでしょ」

「しかし――」

「費用はあなたに貸すの。あなたが将来、働いて返してくれればいい」

のぞみが兄を見て、

「そうしていただこうよ、お兄さん」

と言った。「お母さんの体には換えられないよ」

「分った……。じゃ、素直に頼むよ。あの病院のままじゃ、良くならない」

「任せて」

と、香織は肯いた。「絶対、父に承知させる」

「香織、やるね」

と、清美は肘でつついた。

「——あ、ごめん」

香織はケータイに出ながら、席を立った。

「もしもし」

「香織さん？　涼子です」

「あ……」

「今夜も帰れないの？」

「あの——少し早く終ったけど、清美の所に泊ろうと思ってるんで」

「じゃ、帰りは明日？」

「ええ、朝に。朝食、作っといて」

「分ったわ」

と、涼子は笑って、「お父様と代る？」

「あ、それじゃ」

少しして父が出ると、香織は修介の母のことを頼んだ。

「——分った」

と、布川は言った。「明日、病院の関係者に訊こう」

「お願いね！」

香織は通話を切って、席へ戻ろうとした。

レストランの入口の自動扉が開いて、客が入って来た。

「お一人ですか？」

と、ウエイトレスが訊く。

「いえ、連れは今、車を駐車場に入れてるわ。二人です」

この声！

香織は振り返るのが怖かった。

この声、母、栄恵とそっくりだ……。

香織は足を止めたまま、振り向かずに立っていた。

母とそっくりな声のその女性は、連れが車を駐《と》めて来るのを待っているようだ。

もし——もし、本当に母、栄恵だったら……。

連れが誰なのか、そんなことまで考えている余裕はなかった。ただ、突然苦しいほど心臓が高鳴って、カッと頭に血が上る。

「——待ってたのよ」

連れが来たらしい。

「出る車があって、すれ違うのが大変だったんだ」

と、男の声がした。「入れるのか？」

「今、ご案内いたします」

ウエイトレスが、メニューを手にして言った。

もう我慢できなかった。

香織は振り返った。体ごと、クルッと向き直ったのである。

——何だ。別の人だ。

香織は笑いそうになった。

そこに立っていたのは、髪を茶色に染めた、派手な感じの中年女性だった。

お母さんはこんな人じゃない。もっと地味で、控え目な——。それに、もっとやせてたよ。

「どうぞ」

ウエイトレスが案内すると、男の方が先について行く。そして、その女性は正面切って自分を見ている香織と目が合った。

初めに驚いたのは、その中年女性の方だった。——香織を見て、立ちすくんだ。

「まあ」

と、その人は言った。「香織!」

え? ——どうしてこの人、私の名を知ってるの?

そう思った瞬間、香織も見分けていた。

髪を染めて、太ってはいるが、それは母だった。

「お母さん……」

次の瞬間、その人は男の後について、客席の方へと入って行った。

香織は、奥のテーブルにつく二人を、ずっと見つめていた。

お母さんだ。お母さんだ……。

でも――なぜ？　なぜ知らん顔をしてるの？

香織は、栄恵のいるテーブルの方へ目をやりながら、自分の席へ戻った。

「もう食べ終っちゃったよ」

と、清美が言って、「――香織、どうしたの？　顔が青いよ」

「え？　そう？」

香織は席につくと、「何か甘いもの食べようか」

「俺はコーヒーだけでいい」

と、修介が言うと、

「見栄張らないの」

と、のぞみが兄の腕をつついて、「甘いもの、大好きなくせに」

「うるさい」

――香織は、ゆっくりと、母たちのテーブルへ目をやった。

母、栄恵は香織に背中を向けて座っている。メニューを見て、連れの男と話している様子だ。

そのとき、初めて気付いた。

もしかしたら、あの連れの男は、修介たちの父親かもしれないのだ。

ウエイトレスが来て、

「おさげしてよろしいですか？」

「デザート、追加します」

と、清美が言った。

香織もゼリーとコーヒーを頼んだ。

「じゃ、俺も付合うか」

と、修介がケーキを頼んで、のぞみにまたつつかれている。

ウエイトレスが、食事の皿をさげて行くと、修介が立って、化粧室の方へと歩いて行った。

香織は修介の姿を目で追った。

修介が、母たちのテーブルのそばを通ることになるからだ。

だが──修介は、何も気付かない様子で、そのテーブルのわきを抜けて行った。

父親なら気付かないわけがない。

「──どうしたの、香織？」

と、清美に訊かれて、

「何でもない」

と、答えるしかなかった。

甘いものと飲み物が来て、香織はブラックのままコーヒーを飲んだ。

少し、気持が落ちついた。

——お母さん。生きてたんだ！
そして、一緒にいる男は、「心中した」はずの山岸ではない……。
コーヒーカップを置くとき、少し手が震えていた。
修介が戻って来て、
「やっぱり甘いもの食べないと、疲れが取れない」
「いちいち言いわけしなくても」
と、のぞみが笑った。
香織はゼリーを食べながら、つい目は母の方へ向いてしまう。
——お母さん、変った。
あんなに髪を染めて、派手な服着て。
男のせいだろうか？
男は、たぶん五十歳くらいか。
ジャンパー姿で、印象ではサラリーマンとは見えない。一見職人風の風貌である。
二人はオーダーを済ませると、何か話している。
そして、男の方が立って、化粧室へ行った。
香織は立ち上ると、
「ちょっと……」
と呟くように言って、化粧室へ向った。

母の背中が近付いて来る。でも――声をかける勇気はなかった。

化粧室へ入ったが、手を洗うだけで、すぐに出た。

母が真直ぐにこっちを見ている。

香織は、ゆっくりと足を進めた。

「――香織」

と、母が小声で言った。

香織は足を止めた。

「ごめんね」

と、母は言った。「もう――お母さんは死んだと思って」

「お母さん……」

声が震えた。

「これ――私のケータイの番号」

と、母が紙ナプキンをたたんで、香織に渡した。「かけてくれる?」

死んだ人にかけるの? そんなのおかしくない?

香織は、その紙をつかむと、足早に自分の席に戻った……。

二十分ほどおしゃべりして、四人はレストランを出た。

修介は、ちゃんと自分とのぞみの分を払った。払えることが嬉しそうだ。

香織は、店を出るとき、もう一度母の方を振り返った。

母は、男と二人、定食を食べていて、香織の方を見ようとはしなかった。

香織はレストランを出た。

「――じゃ、ここで」

と、修介は言った。「心配かけて、ごめん」

「あなたこそ」

と、香織は言った。「のぞみさんに心配かけないでね」

修介は笑った。

その屈託のない笑いは、初めて見るような気がした。

修介とのぞみが並んで行くのを、香織たちは見送った。

「いい兄妹だね」

と、清美が言った。

「うん」

香織は、もう一度レストランの方へ目をやった。

たった今、あの中であったこと――。あの出会いは、現実だったのか。

「清美……」

「何？」

「今、私たち、あそこで食事して来たんだよね」

「そうよ。――香織、大丈夫？」

「うん、何でもないの」

と、香織は首を振って、「——行こう」

と、二人で歩き出した。

香織と清美、修介とのぞみ。そして、栄恵と見知らぬ男……。

香織は、それぞれの「二人」を思いながら、夜道を辿っていた……。

7 再会

文化祭は、上天気で、大勢の人がやって来た。

図書館も一般客に見せることになっていたので、交替で案内係をつとめる。

しかし、わざわざ文化祭に来て図書館を見ようという物好きはあまりいない。

それでも、他校の図書部員とか、何人かの訪問客はあって、香織は三回、中を案内した。

「――交替よ」

と、二年生の部員がやって来た。

「お願いします」

と、香織は一礼して、図書館を出た。

ふしぎな気分だった。

ゆうべの母との出会い。――今日はこうして文化祭で気分の浮き立つ自分がいる。

「お昼、早く食べないとなくなるよ!」

同じクラスの子がそう声をかけてくれた。

学生食堂は一般客用で、在校生は教室二つ分が食堂になっていた。

「カレーとラーメンしかないの?」

と、文句を言っている子もいる。

香織がカレーをトレイにのせて空いた席につくと、ケータイが鳴った。

「——もしもし」

「香織?」

「お母さん……」

「ごめんなさいね」

と、栄恵は言った。

「それって——どういう意味?」

「色々よ。ともかく——謝りたいの。一度会える?」

「うん……」

「今日は学校お休みでしょ」

「文化祭なの、今日から」

「ああ……。そうだったわね」

母の声は、懐しそうに聞こえた。

「香織……今、何のクラブに入ってるの?」

と、母、栄恵が訊いた。

「図書部」

「ああ、本が好きだったものね」

「うん……」

何だか、何年も「死んだはず」だった人との話にしては、平凡な話題だ。

「今日、そこへ行ってもいいかしら」

と、栄恵は言った。「お父さん、来る？」

「お父さん、今日はゴルフだよ」

「そう。じゃ、行ってもいい？」

香織は少し黙っていた。「来ていいよ」と言うことに心は決っていたが、少し母を不安がらせたかった。

「──迷惑なら、やめとくけど」

と、栄恵がおずおずと言った。

「別に構わないよ。学校、憶えてる？」

「もちろんよ！」

と、栄恵の声が弾んだ。

「図書館の入口辺りにいると思う。いなかったら、少し待ってて」

「分ったわ。じゃ、これから出る。一時間もあれば行けると思う」

「うん」

通話を切って、ホッとする。

母に会える！　そのことには興奮した。

しかし、母からどんな話を聞かされるのかと思うと、恐ろしくもある。

しかし、今さらあれこれ考えていても始まらない。

カレーを半分くらい食べたところで、図書部の先輩からケータイへかかって来た。

「はい」

と出ると、

「すぐ図書館に来て！」

と、甲高い声が飛び出して来る。「急に三校も図書部の方が見学にみえたの。案内しなきゃいけないから！」

「はい！」

カレーを食べ終っていないのは心残りだったが、仕方ない。

そんなにおいしくはないのだけれど、食べられないとなると急に惜しくなる……。

ともかく、香織は図書館へと駆け戻ったのである。

先輩の三年生が、

「こんなこと、図書部始まって以来じゃない？」

と、こぼすほど、図書館見学の客が次々にやって来て、香織たち一年生も大忙しだった。

お腹が空いていることも忘れるほどだったのだから、相当なものである。

もう四組ぐらいの客を案内した香織は、ふと思い出して腕時計を見た。——母の電話から四十五分たっている。

もうそろそろやって来てもおかしくないけれど……。

「いらっしゃいませ」

と、先輩の声がした。

また見学のお客？

「中を見せてもらえるかな」

という声……。

え？——まさか！

「はい、ご案内します」

先輩の後についてやって来たのは、何と、父、布川弥一郎。そして一緒にいるのは栗山涼子だったのである。

呆気に取られている香織を見ると、布川はニヤッと笑って見せた。涼子は微笑んで会釈する。

先輩について、父たちが図書館の中へ入って行くのを見送って、

「参ったな！」

と、香織は呟いた。

ここへ母が来たら……。父と出くわしてしまう可能性は充分ある。

香織は急いでケータイを取り出して母のケータイへかけた。しかし、つながらない。

「どうしよう……」

こんな所で父と母の再会なんて……。

たとえ会わせるにしても、ちゃんと母の話を聞いてからにしたい。

そのとき、

「布川さん、お客様よ」

と呼ばれた。

良かった！　今ならまだ父たちは図書館の中だ。

急いで図書館の表に出て行くと――。

「こんにちは」

と言ったのは、山岸のぞみ。

のぞみと修介の二人が立っていたのである。

「あ……。いらっしゃい」

「ゆうべはどうも」

と、のぞみが言った。「香織さんの活躍してるところを見たくて」

「え……。あの……大したことないのよ！」

と、香織は急いで言った。「ええと……図書館の中なんて、見ても面白くないでしょ。他の展示、見てて」

「私、図書館って大好きなの」

と、のぞみが言った。

「あ、そう」

先輩がやって来て、

「何してるの。早くご案内して」

「すみません」

と、香織は言った。「じゃ——どうぞ、こちらへ」

なるようになれ！

香織は半ばやけになって、先に立って図書館の中へ入って行った。

案内の途中ですれ違った先輩から、

「そんなにせかせかしないで。もっとゆっくりご説明してあげなさい」

と叱られてしまった……。

書棚の間を抜けて行くと、反対側から、

「この分類は、我が校独得のもので……」

という説明をしている声がした。

あの先輩が案内しているのは——。

書棚の角で出くわして、

「あ、すみません」

「やあ」

と、布川が香織に言った。

「あら、山岸君じゃないの」

と、栗山涼子がびっくりして言った。「それに妹さんね」

「のぞみです」

案内していた先輩が面食らっている。

「お知り合い？」

「あの――父です」

と、香織は言って、「ゴルフじゃなかったの？」

「中止になったんだ。先方の都合で」

「それにしたって、来るなら来ると……。いいけど」

香織は咳払いして、「出たら、一般客用の食堂で待ってて。後で行くから」

「分った。少しのんびり展示を見てるよ」

「うん」

父たちが行ってしまうと、修介とのぞみが、

「びっくりしたな」

と、顔を見合せている。

「でも、いい機会だわ」

と、香織は言った。「あなたたちのお母さんの病院のこと、しっかり念を押しておく」

「悪いな、こんなときに」

「涼子さんの前だと、父はいい顔したがるから」

と、香織は言って、「さ、ザッと見て回りましょ。他のお客が来なければいいけど……」

「いいのよ、無理しないで」

「私も少し休みたいの」

と、香織は大げさにため息をついた。「こんなに忙しいなんて！」

――山岸兄妹を一通り案内して、図書館の外へ出ると、香織は母の姿を捜した。

まさか父とバッタリ会ったというわけじゃあるまい。

「――私たち、展示を見てから食堂に行ってるわ」

と、のぞみが言った。

「うん、よろしく」

香織は肯いて、新しい客が来たので、「いらっしゃいませ」

と、迎えざるを得なかった。

「ご案内します」

図書館の中へ戻ろうとしたとき、香織はふと、少し離れた木立ちのかげで、こっちを見ている男に気付いた。

あれは――遠目だったが、香織には見覚えがあった。

栗山涼子の「夫」、田島淳一だ。

では、今日も涼子を尾けて、ここまでやって来たのだろうか？　そうだとしてもおかしくはないが……。

でも、この学校の中で、もめごとを起してほしくない。

客を待たせておくわけにいかない。

香織は急いで図書館の中へと入って行った。


「——ありがとうございました」

見学の客を送り出して、香織はホッと息をついた。

「ご苦労さま」

と、先輩が声をかけて来て、「もう来ないでしょ。お父様が待ってるんでしょ？　行っていいわよ」

「はい」

——香織が図書館を出て歩き出すと、

「香織」

と、呼ぶ声がした。

振り向くと、母、栄恵が立っていた。

今日は少し地味なスーツで、以前の母に近い感じだった。

「お母さん……。待ってたの？」

「遅れちゃってね。十分くらい前に来たのよ」

香織は、父たちが戻って来たらどうしようと思いつつ、「ちょっと今……」

「あのね……」

「忙しい？　じゃ、待ってるわ」

「あの——講堂でミュージカルやってるわ。それ見てたら？」

「そう。楽しそうね」

「終ったら、出口で待ってるから」

「じゃ、そうしましょ。急がないでね」

栄恵は、のんびりと左右を眺めながら歩いて行った。

ゆうべ出会ったときは、以前の母とずいぶん違う印象を受けたが、こうして学校の中に溶け込んでいる姿は、やはり母そのものだと思わずにはいられなかった……。

8　赤信号

「大丈夫。僕に任せなさい」

父の言葉を聞いて、香織は自分の計画が当ったことを知った。

「よろしくお願いします」

と、のぞみが頭を下げるのを、布川は微笑みながら見て、

「うん。親しくしてる医者が何人かいるからね。当ってみて、一番良さそうな所へお母さんを入れてあげよう」

のぞみのようなタイプの女の子は父の好みだ。

「休み明けに、早速何人か連絡を取ろう。涼子、頼むよ」

「はい」

涼子は手早くメモを取った。

――一般客用の食堂で、布川と涼子は「手作り」の焼ソバを食べていた。

「懐かしい味だな」

と、布川は学生時代に戻ったかのようで、楽しそうだ。

「あ、すみません」

涼子は、ケータイが鳴ったので席を立った。

修介とのぞみはラーメンをすすっていた。むろん、インスタントである。

「――よく働いてると評判は聞こえてるよ」

と、布川は修介に言った。

「どうも……」

「私も高校を出たら働くつもりです」

と、のぞみが言った。「その節はよろしくお願いします」

「いいとも。いつでも言っておいで」

布川は、兄より妹の方を、今すぐにでも入社させたいようだ。

「――すみません」

涼子が戻って来ると、「急用ができて。――夜、また伺います」

「ああ、いいよ。一緒に出るか」

「いえ、せっかくですから、お嬢さんと一緒にいらして下さい。私はこれで」

涼子はひどく急いでいる様子で、出て行った。

――三十分ほど食堂にいて、香織は図書館に戻ることにした。講堂でミュージカルが終るのは、もう少し先だ。

「じゃ、しっかりな」

と、布川が手を振る。

香織が校舎を出て、図書館の方へ行こうとすると、サイレンが聞こえて来た。

あれって——救急車?

サイレンはどんどん近くなって、校門の前あたりで停った。

「——何だろうね」

「事故だって」

「車にひかれたって……」

あちこちから声が耳に入って来る。

香織は、なぜか不安になって、校門へと足を向けた。

通りかかった人や、生徒も何人か集まっていた。

トラックが一台停っていて、すぐ後ろに救急車がつけている。

サイレンがまた聞こえて、パトカーがやって来た。

人の間をかき分けるようにして覗くと、トラックの車体の下に倒れている男が見えた。

「もう死んでますよ……」

「突然車の前に飛び出して来たんですよ!」

と、くり返しているのはトラックの運転手だろう。

「誰か事故を見た人は?」

と、警官が呼びかけたが、名のり出る者はない。

そして——香織は邪魔になっていた運転手がどいたので、死んでいる男をはっきり見ることができた。

あれって……。

思わず息を呑んだ。

それは、「涼子の夫」と自称していた男、田島淳一に違いなかったのである。

「そこの街路樹のかげからフラッと……」

と、トラックの運転手が言った。

「ブレーキはかけたか？」

「ちゃんとかけました。というか、思い切り踏みましたよ！　でも、とても間に合わなくて……」

運転手は必死である。

それは当然だろう。人をひき殺したのだ。不可抗力だったかどうかで、責任は大きく変ってくる。

あの街路樹のかげから？

香織は、警察が巻尺で距離を測ったりしているのを眺めていた。

生徒も入れかわり立ちかわり、見物に来ていたので、香織が特に目立ってはいなかったろう。

その街路樹はずいぶん幹が太くて、向う側に人がいても隠れてしまっただろう。

田島はあそこから道へ飛び出して来た。

いや、運転手の言葉では、「フラッと」出て来たという。それはまるで——突き飛ばされたような印象だ。

「まさか……」

と、香織は呟いた。

栗山涼子は、先に一人で学校を出た。何の用だったのかは分らない。

しかし、田島は、明らかに涼子を尾けてこの学校まで来ていた。父、布川弥一郎と一緒のときには声をかけられなかったろうが、涼子が一人で校舎から出て来たら……。

涼子と田島が、もし校門を出た所でもめたとしたら……。

涼子が田島をトラックの前に突き飛ばしたのではないだろうか。可能性としては充分にあり得る。

でも、文化祭の今日、校門を出入りする人は大勢いたはずだ。誰も見ていないということがあるだろうか？

香織は校門の方を振り返った。

そうか……。校門を出た人は、ほとんど街路樹とは反対の方へ歩いて行く。駅がそっちの方角だからだ。

やって来る人も、駅の方から来て、校門を入って行くから、街路樹の所までは来ないのである。

それなら、誰にも見られなかったのも不自然ではない。

いや——父が再婚しようという相手なのだ。香織の新しい母になる人だ。

涼子が人を殺したとは思いたくなかった。

山岸修介のためには、ずいぶん力になってくれた。それに、あの田島の話がその通り本当のことかどうか。

「——いけない！」

と、思わず声を上げた。

母のことを忘れていた！

もうミュージカルは終っている時間だ。

校門を出て来る人の数が、急に多くなったので思い出したのである。おそらく、ミュージカルを見て、講堂から出て来た人たちだろう。

香織は、出て来る人の流れをすり抜けるようにして講堂へと急いだ。

まだ講堂の出口辺りは大勢人がいる。香織は少しホッとした。

これなら、まだ母もどこかその辺に——。

「香織」

と、呼ばれてハッと足を止める。

父、布川弥一郎が、山岸修介、のぞみ兄妹と一緒に、講堂から出て来たのである。

「お父さん……」

「ミュージカル、途中からだったが、面白かったよ」

と、布川は言った。「お前、図書館にいたんじゃないのか」

「その……校門の前で、人がトラックにはねられて」

と、香織は早口に言った。

「そりゃ大変だな。見に来た客か？」

「さあ……。分らないけど、野次馬が沢山《たくさん》いるよ」

と、香織は無理に興奮しているふりをして、「パトカーも来てる」

「死んだのか」

「そうみたい」

「気の毒に。——じゃ、俺は帰るよ。君ら、帰るなら送ろうか？」

と、布川は修介とのぞみに言った。

気をつかっている相手はのぞみである。

「いえ、もう少し見物してから」

と、のぞみが言った。

「そうか。じゃ、お母さんのことはまた連絡するから」

「はい、よろしくお願いします」

修介とのぞみが深々と頭を下げ、布川は満足げに肯いた。

そのとき、香織の目に、講堂から出て来る母が見えた。

「じゃ、行くか」

と、布川は校門の方へ行きかけて、

「いかん！　車で来たんだった。忘れるところだったよ」

と、笑って、臨時の駐車場になっている空地の方へと向った。

母、栄恵も布川に気付いて足を止めていた。――目が合えば、当然布川にも分っただろうが、二人はほとんど二、三メートルの距離ですれ違った。

「香織さん、ありがとう」

と、のぞみに言われて、我に返る。

「いえ……。良かった！」

「え？」

「あ、こっちのこと」

つい、口をついて出てしまったのだ。「ありがとう、って、何が？」

「お母さんのこと」

「え？」

ギクリとしてから、「――あ、そうか。のぞみさんのお母さんのことね。病院のことだよね。うん、本当に良かったね！」

何だか一人で騒いでいるようで、修介とのぞみは面食らっていたが、

「じゃ、また……」

「うん！　今日はわざわざありがとう！」

と、香織は笑顔で手を振った。「気を付けて帰ってね！」

「あの……もう少し見てから帰るわ」

「あ、そうだったね！　ごゆっくり！」

「じゃあ……」

「私、ずっと遅くなるから。それじゃ」

——香織と別れて、校舎の方へ歩きながら、

「香織さん、何だかおかしくなかった？」

と、のぞみが言った。

「ああ。舞い上ってる、って言うんだろ、ああいうの」

「どうして？」

「そりゃ、こういう文化祭とかって、やっぱり興奮するじゃないか」

「そうね……」

「まあ、まだ子供なんだよ」

と、修介は言った。

「そんなこと言っちゃ可哀そうよ。香織さん、しっかりしてるじゃないの」

「いや、しっかりしてるのは確かだけどな、その一方で、十六歳は十六歳なのさ」

「ふーん」

のぞみは、何となく納得していた……。

「お母さん」

香織は振り返った。

「お父さん、来てたのね」

と、栄恵は言った。

「突然来たんだよ。びっくりした」

「私もよ。でも、気が付かなかったわね」

「うん」

香織は空いた教室に入って、椅子にかけた。

「お母さん……」

「あんたが元気そうで良かったわ」

栄恵は、教室の中を見回して、「思い出すわ、授業参観とか、父母会とか……」

「お母さん、さっき私が話してた二人、知ってる?」

「男の子と女の子? 兄妹みたいだったわね」

と、栄恵は机に軽く腰をかけて、「お友だち?」

「山岸っていうんだよ。山岸修介とのぞみ」

栄恵は、しばし無言だった。

「お母さん、分るでしょ？」

「山岸さんの……。お子さんなのね」

「聞いてたんでしょ、子供いるって」

「聞いてはいたけど……。写真も見なかったから」

と、栄恵は首を振って、「まさかあんたが知り合いだったなんて」

「お母さん。山岸さんって、死んだの？」

「死んだか、って？――分らないわ。死体は上らなかったんでしょ」

「だって、一緒に死ぬことにしたんでしょ？」

「待って」

と、栄恵は手を上げて止めると、「香織、誤解されてると思うけど……」

「誤解って？」

「お母さんが心中しようとしたのは、山岸さんじゃなかったのよ」

香織は唖然として、しばし言葉がなかった。

「それって……どういうこと？」

「心中することに決めて、お母さんはその人と列車に乗った。でも、その人、途中の駅でいなくなっちゃったの」

「どうして？」

「逃げたのよ。死ぬのが怖くなったんでしょ。私がトイレに立って戻ると、座席に、〈すまない〉ってメモが……」

「そんな……」

「私は一人で死のうと思ったわ。そして、前に決めておいた駅で降りた」

駅前といっても、タクシーの一台もない、閑散とした場所だった。

「心中にはうってつけなのに……」

と、栄恵は呟いた。

でも、断崖に近いホテルまでは、結構あるはずだ。

歩くのかしら……。

今にも雨が降り出しそうな灰色の空を見上げて、栄恵はため息をついた。

二人で歩くのなら、辛くもないだろうが、一人では……。

そのとき、タクシーが一台やって来るのが見えて、栄恵はホッとした。客を乗せて来たのだ。

「ツイてるわ」

と呟いて、苦笑した。

これから死のうという女の言うこと？

客が降りて、栄恵がタクシーに乗り込もうとしたときだった。

バタバタと足音がして、

「すみません！」

と、男が一人駆けて来ると、「一緒に乗せていただけませんか！」

「は？　でも――私、ホテルに行くんですけど」

「私もです。ぜひご一緒に」

息を切らしている男は、一見して疲れ切っていた。目の下にはくまができて、目も真赤に充血している。

「――じゃ、どうぞ」

と、栄恵は言っていた。

「すみません！」

タクシーが走り出すと、ホテルまで十五分ほどだったが、男はすぐに眠り込んで、着くまで起きなかった。

ホテルに着くころには、雨が降り出した。

「――着きましたよ」
二、三度揺すらないと、男は目を覚まさなかった。
「ああ……。どうも……。あの……タクシー代を……」

「払いましたから」

「すみません」

ホテルへ入ろうとした栄恵へ、男は、

「あの——一緒にチェックインしていただけませんか！」

と、哀願するように言ったのだった。

さすがに栄恵も、

「それは困ります」

と言い返した。「一緒の部屋でってことですか？　そんなこと、まさか——」

「すみません！　わけがあるんです！　お願いですから——」

「いらっしゃいませ」

ホテルの人間が出迎えて、「ご予約のお客様で……」

「はい。あの——〈井上〉です」

と、栄恵は予約に使った名前を、やっと思い出して言った。

「井上様。お待ち申しておりました。さ、どうぞ」

当然、予約は二人で入っている。今さら、この男を「連れでない」とも言えなかった。

仕方なく、栄恵はでたらめの住所と、〈井上夫婦〉の名前を宿泊カードに記入した。

「お部屋へご案内いたします。——こちらの地階は大浴場になっておりまして、温泉でございます……」

ホテルという名は付いていても、温泉旅館である。

部屋も和室二間で、海が見渡せた。

「ご夕食は何時にいたしますか？」

「そうね。——七時ごろで」

栄恵は少し時間を空けた。

この男との話に手間取るかと思ったのだ。

「どうぞごゆっくり」

戸が閉り、二人になると、

「——申し訳ありません」

と、男は正座して手をついた。「今夜だけ……。私は玄関ででも寝ます」

栄恵は男の哀れっぽさを見ている内に苦笑して、

「いいですよ。せっかく二間あるんですもの。——ね、お風呂へ入ってらしたら？」

「は？」

「ひどく疲れてるようだし、ひげも当ってないし。少しサッパリしてらした方が」

「そうですか……。では、そうさせていただいて」

「ええ、どうぞ」

と、栄恵は言った。「私はここにいますから」

「はあ……」

男はネクタイを外し、部屋の浴衣《ゆかた》を手に、部屋を出て行った。

栄恵は、板の間のソファに身を委《ゆだ》ねて、もう暗くなっている海の方を眺めていた。

——何だか妙なことになった。

しかし、二人で予約した部屋に一人というのも、何だか空《むな》しい。

「私は馬鹿ね……」

と、栄恵は呟いた。

心中するつもりで出て来て、途中で男に逃げられる。――これ以上みっともないことがあるだろうか？

しかし、今さら予定を変える気にはなれなかった。一人で飛び込んでも二人で飛び込んでも、どうせ離れ離れになってしまうんだ。

死んで、もうけりをつけたい。

栄恵は悩むのに疲れていた。この煩《わずら》わしさから、ともかく逃げ出したかった……。

ぼんやりと暗い海を眺めている内、栄恵は眠ってしまっていた……。

9　情死

「大丈夫ですか？」

と、声がした。「食事が来てますけど」

「はあ？」

栄恵は目を開けた。――見たことのない男が、こっちを覗き込んでいる。

栄恵は、自分が眠っていたことに気付いた。

「――あなた、誰？」

と、栄恵は言った。

「え……。私は、その……」

と、口ごもっているのを見ている内、栄恵はやっと気付いた。

「あなたなのね！　びっくりした！」

あの、くたびれ切った男が、今はスッキリとした渋い中年男に変貌していたのだ。

「思い出していただけましたか」

「あんまり違うんだもの」

と、栄恵は笑って、「さっきより、少なくとも七、八歳は若返りましたね」

「そいつはどうも」

「つい眠っちゃって……。あ、お膳が来てるんですね」

「つい五分ほど前です。起こしていいものか、迷ったんですが」

「冷めたらまずくなるわ。食べましょう」

と、栄恵は立ち上って、「ああ……。どれくらい眠ったのかしら？　何だかずいぶんスッキリした」

「たぶん……。一時間ほど」

「そんなに？　あなたもずいぶん長風呂だったんですね」

「ええ。——風呂は何日ぶりかで。ひげも剃っていたので」

「いい男になりましたよ」

と、栄恵は微笑んだ。

「それはどうも」

と、男は笑って、「あ、ところで——私は山岸と申します。山岸治樹」

「私は布川栄恵です。よろしく」

「こちらこそ」

二人は顔を見合せて、笑ってしまった。

食べ始めると、山岸はアッという間に出ていた料理を全部食べ切ってしまった。栄恵は呆

気に取られて、

「失礼ですけど……。あまり召し上ってなかった？」

「まともな飯《めし》は三日ぶりです」

と、山岸は息をついた。

「じゃ、ご飯、おかわりは？」

「はあ。どうも――」

「私のおかずもさし上げますわ。そんなにお腹空いてないんですの」

「いや、そんな申し訳ない……。いいんですか？　では――どれをいただいても？」

結局、山岸はご飯を三杯、栄恵の料理の半分を平らげてしまった。

「いてて……」

山岸はお腹を押えて呻《うめ》いた。

「そんなに急に食べるから」

と、栄恵は笑った。

「すみません……。ちょっと横にならせていただきます」

「どうぞ。私はその間にお風呂へ行って来ますから」

栄恵は、食事が済んだことを電話で連絡しておいて、タオルを手に部屋を出た。

客の少ない時期なのだろう。大浴場は、他に二、三人しか入っていなかった。

栄恵はのんびりとお湯に浸って、心から手足を伸した。

死ぬと決めたら、あれこれ悩んだり迷ったりしていたこと、すべてがどうでもいいことに思えて、サッパリしたのだ。

あの山岸という男も、何かいわくありげだが、まあこっちには関係ない。

いささかのぼせるくらい入って、部屋へ戻ってみると、布団が敷いてあって、山岸はその一方の上で大の字になってぐっすり眠っていた。

風呂も食事も久しぶりというから、こんな風に寝るのも久々なのだろう。

「朝まで起きそうもないわね……」

と、栄恵は呟いた。

布団は並べて敷いてあったが、間が離れているのは、きっと山岸が引張って離したのだろう。

栄恵は布団の上に座り込んで、自分のバッグを開け、中から写真を取り出した。夫、布川弥一郎と自分、そして香織、建一……。

一家四人の写真だ。

「ごめんね……」

と、栄恵は呟いた。「こんな馬鹿なお母さんで。——この次は、お父さんももっとしっかりした奥さんをもらうわよ」

栄恵は写真にそっと唇を触れた。

そのとき、山岸が突然、

「俺じゃない！」

と叫び声を上げた。「俺じゃないんだ！」

ガバッと布団に起き上ると、山岸は大きく目を見開き、何度も息をついた。

「――大丈夫ですか？」

栄恵がびっくりして訊くと、山岸はポカンとして、

「これは……夢じゃないんだ」

と呟いた。「ここはホテルですね」

「そうですよ」

「そうだ……。風呂に入って、ご飯を思い切り食べた。――すみません。僕、何か叫んでました？」

「ええ、ちょっとね」

と、栄恵は肯いて、「汗かいてますよ。もう一度お風呂に入って来たら？」

「ああ……。いやな夢を見ましてね」

と、山岸は布団の上にあぐらをかいた。「あなたに迷惑はかけたくない。――明日朝早くに出て行きます」

「迷惑じゃありませんよ。私はどうせ明日死ぬんですから」

「――は？」

何の関係もない他人だから、何でも話せたのかもしれない。

「じゃ、心中されるつもりでここへ？」

「ええ。まさか相手が逃げちゃうなんて、思ってもいなくて」

「そうでしたか……」

山岸は肯くと、「ここは心中の名所なんですか」

「名所っていうのも変ですけどね。この先の崖から飛び下りる人が結構いるらしいですよ」

「そうですか」

山岸は少し考えていたが、「——どうでしょう。僕もご一緒しちゃいけませんか」

「あなたも？」

「ええ。もう逃げ回るのにも疲れました」

「山岸さん。——何をしたんですか？　人殺しとか？」

「とんでもない！　僕は気が弱いんです。人を殺すなんてこと……」

いかにもそう見えた。

「じゃあ、何を？」

「会社の金を使い込んだと……。それも一億円です」

「まあ！　一億円も！　何に使ったんですか？」

「いや。僕はやってないんです！」

と、山岸は身をのり出すようにして言った。

「それなのに、いつの間にか僕がやったことにされてしまって……」

「それで逃げてるんですか？　そんなの馬鹿げてるじゃありませんか。自分はやってないって、はっきり主張されれば」

「それが……。色々事情がありましてね」

と、山岸はため息をついた。「ともかく、一旦こうして逃亡した以上、今さらやってないと言っても通じません。いや、逃亡するって大変ですね」

「そんな、感心しててどうするんですか」

「全くです」

――栄恵は、山岸のどこかずれた感じに、人の良さを見た気がした。

「ああ……。じゃもう一度風呂で汗を流して来ます。――お騒がせして」

山岸はタオルを手に出て行った。

山岸が戻って来たときには、栄恵はもう布団に入って、部屋の明りも少し暗くしてあった。

「もう――おやすみですか」

「いいえ。でも、こういう所は朝食が早いでしょ」

「ああ、そうですね。布団で寝るのは、これが最後か……」

山岸は明りを消すと、自分の布団に潜り込んだ。

「山岸さん。――本当に明日一緒に飛び込むつもりですか」

と、栄恵は訊いた。

「お邪魔ですか」

「そうじゃありませんけど……。私と心中したことにされますよ。いいんですか？」

「はあ……。僕なんかが相手じゃ、ご不満でしょうが」

「いいえ、そんなこと。――じゃ、二人で参りますか」

「よろしければ、ぜひ」

と、山岸は言って、「ただ――ここの宿泊料がないので」

「私が払っておきます。大丈夫」

「よろしく。――最後まで、頼りないなあ」

と、山岸はひとり言のように言った……。


「まあね」

と、栄恵は言った。「そんなわけだったのよ」

香織は、しばらく母の顔を眺めていたが、

「お母さん。――でも、おかしいよ」

「え？」

「だって、お母さんが心中したって連絡あったの、家出してから四日後じゃなかったっけ？

今の話だと、もう次の日には心中したみたいじゃない」

「ああ……。それはね、二人で、何もすぐ死ぬことはないんじゃないかって話してね」

「どういうこと？」

「次の日が凄くよく晴れて、いいお天気だったの。それで、せっかくだから近くを少し見物してから死のうかってことになって」

「呑気《のんき》だなあ。こっちは死ぬほど心配してたのに！」

香織はいささか腹を立てていた。

「そうね。そんなこと、少しも考えなかった。ごめんね」

「今さら謝ってもらっても……。それで四日目に？」

「うん。雨の、陰気な日でね。そろそろいいか、って……」

「じゃ、お母さん——」

と、香織は言いかけて、やめた。

「何？」

「いいの。——で、二人で崖から飛び込んだのね」

香織は、一瞬思い付いたのだ。

山岸と三日間も一緒に過して、たまたま成り行きだったとはいえ、同じ部屋で寝たのだ。

二人の間に何かあったんじゃないか、と思ったのである。

でも、今そんなことを訊いても仕方ない。

「——二人で飛び込んで、その後のことは分らないわ。私は次に気が付いたとき、海岸の道に停ってるトラックの中だった」

「トラック？」

「長距離トラックの運転手がね、海岸で一休みしてて、打ち上げられた私を見付けたのよ」

「じゃ、昨日レストランで一緒にいたのは……」

「大月哲郎《おおつきてつろう》っていってね。そのときの運転手。――横浜の方のアパートへ私を連れてって、ずいぶん親切に看護してくれたの」

「山岸さんはどうしたのかな」

「さあね……。たぶん亡くなってるでしょう。でも、あんたはどうしてあのお子さんたちのことを知ってるの？」

今度は、香織が話す番だった。

「――まあ、そんなに苦労してたの」

と、栄恵は話を聞いて、「奥さんはお気の毒ね。でも、お父さんが力になってあげられて良かった」

香織は腕時計を見て、

「あ、もう図書館閉める時間だ。――お母さん、まだ時間ある？」

「ええ、いいわよ」

「じゃ、待ってて。お父さんのことで、話があるの」

「分ったわ」

――香織は急いで図書館へと戻った。

色々話を聞いて、内心複雑なものはあったが、ともかく母と話をしたことで、気持はたかぶっていた。

「あ、香織」

安田清美が図書館から出て来て、「今、香織に会いたいって人が……」

「え？」

「つい今しがた。——まだその辺にいるんじゃない？」

香織は振り返った。

しかし、それらしい人影は見当らなかった……。

「誰もいないよ」

と、香織は言った。

「いない？　おかしいね。じゃ、さっさと帰っちゃったのかしら」

と、安田清美が言った。

「どんな人？　男？　女？」

「女の人。たぶん——四十五、六かな。ちょっと暗い感じの人だった」

「暗い感じ……。名前も用件も言わなかったの？」

「うん。訊かなかった」

「いいや。用があればまた来るでしょ」

と、香織は肩をすくめて、「ね、片付けは？」

「うん。大したことないから、もう帰っていいって。どうせ明日も文化祭あるんだもの」

「そうだね。——ね、清美、ごめん。私、ちょっと待ち合せてる人がいて」

「へえ。もしかして彼氏？」

「ご想像に任せます」

と言って、香織は急いで母のいる教室へと戻って行った。

「——お母さん！　あれ？」

母の姿はなかった。どこへ行ったんだろう？

母のケータイへかけてみたが、つながらない。

外へ出て、校舎の周りを歩いてみたが、母の姿はなかった。仕方ない。

また母の方から連絡して来るだろう、と香織は思って、帰り仕度をした。

一人、校門を出ると、あの田島淳一がトラックにひかれた現場で、警官が写真を撮ったりしていた。

もう田島の死体もトラックもなくなっている。

香織は、立ち止って何となくその場所を眺めていた。——田島の話が本当かどうか、香織には知るすべがないが、もし、田島が栗山涼子に殺されたのだとしたら……。

それは田島の話が事実だということだろう。そして、父がそんな女と再婚しようとしているのなら、とんでもないことだ。

そして、そのとき、香織はもう一つ、思い出したことがあった。

田島は、娘と二人で日本に帰って来たと言った。娘は中学生だとも。確か十三歳と言っていたような……。

田島が死んで、その子はどうするのだろう？

「私が心配することじゃないよね……」

とは思ったものの、何だか気になる。

香織はしばらくその場に立っていたが、やがて写真を撮っている警官の方へと歩いて行くと、

「あの……。すみません」

と、声をかけた。

10　少女の涙

その女の子は、木の固いベンチに腰をかけて、何だかずいぶん小さく見えた。香織と三つしか違わないのだが、中学高校の三年間は大きい。

女の子はじっと目を伏せて、リノリウムの冷たい床を眺めていた。

どこかに遊びに出ていたのか、明るい色が可愛い服装で、肩にかけたポシェットは目立つオレンジ色だった。

きっとあの子だろう、とは思ったが、香織はいざその女の子を目の前にすると、どう声をかけたものか、迷った。

すると、廊下に面して並んだドアの一つが開いて、

「田島エミ君……」

と、白衣をはおった男が顔を出して言った。

少女が立ち上って、

「私です」

「ああ、君ね。――お父さんは田島淳一さんだね?」

「はい」

「じゃ、中へ入って」

少女が緊張に背筋を伸しながら、そのドアの中へ入って行く。

香織は、田島エミの座っていたベンチに腰をおろした。

あの子にどう話をしたらいいのだろう？　それに、もし本当に栗山涼子が田島淳一を突き飛ばして殺したのだとしたら、あの子にとっては、「母親が父親を殺した」ことになるのだ。

はっきりとした証拠がない限り、そんなことは口に出せない……。

香織があれこれと思い悩んでいると、さっきのドアがバッと開いて、

「おい、誰か来てくれ！」

と、白衣の男が焦って怒鳴った。

香織が思わず立ち上ると、

「君は……田島エミさんの知り合い？」

「あ……。亡くなった父親を知ってました」

「そうか。高校生かい？」

「そうです」

「娘さんがね、父親の遺体見て、失神しちゃったんだよ。手を貸してくれないか」

「はい！」

そう言われて、いやとは言えない。

ともかく、その部屋の中へ入って、ギョッとした。白い布で覆われているのは、田島淳一の遺体だろう。

その台の前で、少女は気を失って倒れていた。

「すまないね」

「いえ……。でも、こんな女の子に遺体見せたら、気絶もしますよ」

と、香織は少女の両足を抱えて言った。

「うん、そうだな。こっちは毎日見慣れてるもんだから、つい……」

香織はちょっと呆れた。

ともかく、少女を廊下へ運び出して、さっきかけていたベンチの上に下ろす。

「あら、どうかしたの？」

と、白衣を着た女性が通りかかった。

「この子が父親見て気絶してね」

「また……。無神経なこと言ったんでしょ」

「いや、何も言わないよ」

「どうだか。――じゃ、宿直室へ運びましょ。私が見てあげる」

「助かった！　頼むよ。何しろ女の子だからな。下手に触ると……」

「ともかく運ぶのは頼むわよ」

白衣の男性は、結局少女をおぶって行くことになった。香織は、少女のポシェットを手について行った。

「さ、寝かせて」

学校の保健室みたいだ、と香織は思った。

小さなベッドが二つ並んでいる。

その一つに少女を寝かせて、

「じゃ、よろしく」

と、男性の方は逃げるように行ってしまった。

「――脈もしっかりしてる。少しすれば気が付くわよ」

「お医者さんですか」

と、香織は訊いた。

「ええ。このセンターの医務室に勤めてるの。あなた、この子のお姉さん？」

「いえ、違います」

と、香織は言った。「ちょっと――亡くなったお父さんの方と会ったことがあって。それに、あの人、私の通ってる学校の正門前でトラックにひかれたんです」

「そう。じゃ、この子のことは……」

「娘さんがいる、って聞いてたんで、ここへ来てみたんです。この子とは初めて……」

「この子、お母さんはいるのかしら」

「いない……と聞いてます」

「ともかく、目を覚ますのを待ちましょう。――私、川根陽子《ようこ》よ」

そう言われて、香織は、初めて白衣の胸の名札に気付いた。〈川根〉とある。

川根？　珍しい姓だが、まさかあの病院で見た、山岸の「愛人」だったという川根初子とは……。

「私、布川香織です」

「でも――あなた、ここにいても大丈夫なの？　帰った方がいいのなら……」

「いえ、あんまり遅くなると困りますけど、せっかく来たから、もう少しいます」

「じゃ、そこへかけて。ジュースでも飲む？」

「あ、それじゃ……」

川根陽子は四十歳くらいに見えた。少々のことでは動じない、という落ちつきが感じられる。

「――こんなこと訊いちゃ失礼かもしれませんけど」

と、香織は缶ジュースを飲みながら、

「あら、何？」

「川根さんって――初子さんって方、知ってるんですけど」

川根陽子は目を見開いて、

「姉を知ってるの？」

と言った。

「お姉さんなんですか。あの――武居って刑事さんと一緒でした」

「じゃ、間違いなく姉だわ。偶然ね」

姉妹にしては、ずいぶん印象が違う。

「でも、どうして姉のことを……」

と、川根陽子が言いかけたとき、ベッドで田島エミが身動きした。「気が付いたかな」

と、陽子は立ち上って、

「どう？」

と、目を開けて戸惑っている少女へ声をかける。

「ここ……どこ？」

と、田島エミは言って、「お父さんが……」

「事故で亡くなったのね。お気の毒だったわ。あなた、気を失ったのよ」

「そうですか……」

「起きて大丈夫？」

「はい……。もう平気です」

起き上ると、エミは少し頭を振って、「お父さんのこと、聞いて分ってたのに……」

「それはそうよ。現実に目の前に見るのとは違うわ」

陽子はエミの肩に手をかけて、「色々な手続きがあるけど、あなた、家族は？」

「――お父さんだけです」

「親戚の叔父さんとか、お父さんのよく知ってる大人の人とか……」

「会社の人なら誰か——」

「あ、そうね。お父さんのお勤め先は?」

エミは、自分の体を見下ろして、

「あれ……」

「これね」

と、香織はポシェットを差し出した。「私が持ってたの」

エミは当惑した様子で受け取ると、中からケータイを取り出して、

「登録してある番号、これです」

と、陽子へ渡した。

「〈F商事〉ね。——これでかけてみましょ——もしもし」

エミのケータイを使ってかけると、「〈F商事〉ですか? ——田島淳一さんという方のことで。——いえ、上司の方かどなたかいらっしゃいません?」

いやに間が空いた。陽子はエミの方へ、

「何だかバタバタしてるわよ、向う」

と言った。「——あ、もしもし。——え?」

陽子は、しばらく相手と話していたが、やがて切って、

「——エミちゃん」

「はい」

「今、会社の人と話したら――お父さん、先月で会社を辞めたって」

「え？」

エミはポカンとしている。

「困ったわね」

と、陽子はため息をつくと、「布川香織さんだっけ。あなた、何か心当りはない？」

香織もどう言っていいか分らなかった。

何しろエミは栗山涼子の娘だというのだから。父に頼むわけにもいかない。

そのとき、香織のケータイが鳴った。

「すみません。――もしもし」

「あ、香織、ごめんね」

母からだ。

「お母さん！　黙っていなくなるから――」

「ごめんなさい。急な用ができてね。もう家なの？」

香織はふとエミを見た。

心細そうに、途方にくれている十三歳の女の子。

「お母さん」

と、香織は言った。「ちょっとお願いがあるんだけど……」

「どういう話なの？」

と、栄恵は言った。「いきなり、十三歳の女の子の面倒みろって言われても――」

「あのね、色々ややこしい事情があるの」

と、香織は言った。「ともかく、二、三日でもいいから。ね？」

母、栄恵を近くまで呼び出して、香織は田島エミのことを話したのである。

しかし、エミの父親のことをどう説明したものかと迷った。

だが、栄恵は何も訊こうとはせず、

「ともかく、十三歳で一人ぼっちじゃ可哀そうね」

と、納得してしまった。

こういう大ざっぱなところが前からあった、と香織は思い出してつい笑ってしまいそうになる。

心中のできそこないという、珍しい体験をしても、基本的な性格は変らないものとみえる。

「じゃ、お願いね」

「いいわ。――私もね、同居している大月さんが急に仕事で半月近く留守にすることになったから」

「良かった。じゃ、安心だ」

「でも、待ってよ。――その亡くなったお父さんのお葬式とかは？」

「そんな小さい子じゃ、どうにもならないでしょ。――いいわ、私がその子の家に行ってあげましょ。お葬式も誰かに頼んであげるから」

「あ……。考えなかった」

やり出すと、とことん面倒見のいい母なのだった……。

でも、香織としては、母に頼んでから後になって心配になったことがある。

母は当然エミに、

「お母さんはどうしたの？」

と訊くだろう。

エミは、自分の母親のことを、どこまで父親から聞いているのだろうか？

本当はエミと二人きりでその話をしたかったのだが、あの川根陽子という女医さんもいたし、訊く機会がなかったのだ。

「――エミちゃん」

と、香織は宿直室に戻って言った。

「布川香織さん、でしたっけ」

「うん」

「お父さんのこと、どうして知っていたんですか？」

「それは……。知ってたっていっても、一度会ったきりなのよ」

と、香織は言った。「文化祭を見に来て下さってね。私、案内したの」

とっさに思い付いた言いわけだった。

「じゃ、何か特別のことがあったんじゃないんですか」

「文化祭の帰りに、お父さん、トラックにひかれたでしょ。やっぱり、何かの縁だと思って……。エミちゃん、お母さんは……」

「フランスで、どこか行っちゃった」

と、エミは言った。「たぶん、死んじゃったんだって、お父さん、言ってた」

「そう」

香織はややホッとした。田島は、涼子を見付けたことを、娘に話していなかったのだ。

それなら、涼子のことが母に知られる心配もあるまい。

「あのね、私のお母さんが、エミちゃんの所に泊めてくれないかしら、って言ってるの。どう？」

「え？」

エミは当惑した顔で香織を見た。

「お母さん、お父さんと別れてね、今私とは別に暮してるの。今一人だっていうから、エミちゃんのお手伝いをしてあげたいって。――どうかな」

エミはただ面食らっているばかりだ。当然だろう。まだ中学一年生なのだ。

そこへ、栄恵が入って来て、

「あら、エミちゃんね。――まあ、可愛い！　この香織も、昔はあなたみたいに可愛かったのよ。今じゃ、こんなに生意気になってるけど」

「お母さん……」

香織は栄恵をにらんだ。

「本当のこと言ってるだけよ」

そのやりとりを聞いて、エミが笑い出してしまった。

「初めまして、エミちゃん」

と、栄恵はエミと握手をして、「大変だったわね。でも、ちゃんとご飯は食べるのよ。ご飯をお腹一杯食べたら眠くなる。しっかり眠れば、次の日にはちゃんと元気が出て来るの」

「ご飯、作ってくれるんですか？」

「ええ。何がいい？」

エミはすっかり栄恵のペースに乗っている。

それを見て、香織は、心中しようとした人にしちゃ、ずいぶん「明るい」じゃないの、と心の中で言った。

いや、もしかしたら、そういう経験をしたからこそ、こうなったのかもしれない。

「私、しょうが焼きが好きなの！」

と、エミも栄恵につられたように、明るく言った……。

11 計画

「遅かったな」

と、布川弥一郎が手を上げて見せ、「さあ、早くしないと食べ終っちまうぞ」

「文化祭だもん。色々あるの」

と、香織が椅子を引いて座った。

「まだ食べ始めたばっかりよ」

と、にこやかに言ったのは、栗山涼子である。

香織はチラッと涼子を見た。

この人は、本当にエミの母親なのだろうか？　そして、夫、田島淳一を殺したのか……。

「お姉ちゃんの分も注文しちゃったよ」

と、中学一年生の弟、建一が言った。

「うん、いいよ」

——母、栄恵がエミと一緒に行くのを見送って、香織は帰宅しようとしたのだが、そこへ父から、ホテルで食事するから来い、とメールが来たのである。

ホテルの鉄板焼の店。

「今日はよくやってたな」

と、布川が言った。

「図書館も今はきれいなのね。私が学生のころは、あんな立派な図書館なんて、めったになかった」

と、涼子は言った。

「まだ明日もあるからね」

と、香織はサラダを食べながら言った。

目の前の鉄板で、海老や牛肉が焼かれるのを眺めながら食べる。

「――香織」

と、布川が言った。「次の週末は予定あるか」

「次の？　来週の、ってこと？――今のところないけど」

「そうか。今度、この四人で旅行しようと思うんだ」

香織は、食べる手をちょっと止めた。

「――四人で？」

父は涼子と何度も出かけている。しかし、みんなでとなると……。

「建一はいいの？」

「うん、僕はいいよ」

ここで、香織も「いやだ」とは言えない。

「用事がなきゃ行くよ」

と、返事をした。

「じゃ、予定がなきゃ、今日旅行の予定を入れてくれ。いいだろ?」

「うん」

仕方ない。肯くしかなかった。

「よし。——金曜日の夕方に出かけよう。土曜日は休みだろ」

「一泊?」

「金、土と二泊だ」

「そう。——どこに行くか、決めたの?」

「相談だ」

と、布川は言った。「どこがいい?」

「どこでも……」

すると、涼子がはしを置いて、

「お願いがあるの」

と言った。「初めの一泊、あなたたちのお母さんが最後に泊ったホテルに泊りたいと思ってるの」

香織もびっくりした。

「私――あなたたちのお父さんと一緒になるつもりよ。だから、そのことを、あなたたちのお母さんに報告したい。そして、ちゃんとあなたたちのお母さんになりたいの」

涼子の口調は真剣だった。

「涼子……。どうして僕に言わなかった」

「まず、香織ちゃんと建一君に言うべきだと思ったの」

「そうか」

「どうかしら?」

――香織は、少し迷った。

だって何しろ、「お母さんが生きてる!」って知っているのだから。

「僕、いいよ」

と、建一は言った。「僕は行ったことないし」

「私も」

と、香織は言った。

「良かったわ!」

涼子はホッとした様子で、「これで安心して食べられる」

「おい、充分食べてるじゃないか」

と、布川がからかって、大いに笑った。

――香織としては複雑だ。

母が生きていることは、いずれ父も知るだろう。

だが、涼子との生活がそれまでに始まって……。涼子はまだ三十六歳。これから子供が生れることもあるだろう。

もし──もし、本当に涼子がエミの母だったら。どうなるのだろう？

涼子の明るい笑顔を見ていると、夫を殺すような女には見えないが……。

田島の家に母がいる。──田島の妻の写真を見せてもらおう！　そうだ。

でも、なぜわざわざ母の泊ったホテルに？

──香織の脳裏に、崖の上から荒れる海を見下ろした映像が浮んだ。

まさか……。まさか、お父さんを崖から突き落とすんじゃないよね！

香織は突拍子もない考えに、我ながらびっくりしていた。

「お姉ちゃん、食べないんだったら、僕が食べちゃうよ」

建一の声に、香織はハッと我に返り、

「食べるわよ！」

と、手を伸した。「ちょっとひと休みしてただけよ」

「おい、建一、足りないのなら、肉でも魚でも追加しろ」

と、父が言った。

「足んないわけじゃないけど……」

と、建一はためらって、「でも、もう少し入るかも……」

「素直に頼め」

と、香織は言った。

中学生の男の子なんて、信じられないくらいよく食べる。じきに香織も父親も、背丈では追い越されてしまうだろう……。

やれやれ……。

妙な想像をしちゃったもんだ。涼子が父を崖から突き落とすなんて——。そんなこと、あるわけがない。

正式に入籍でもしていれば、父のお金目当てってこともあるかもしれないが、今、涼子が父を殺して、ひとつもいいことなんかないはずである。

「——あれ、ケータイ？」

どこかでケータイが鳴っている。「私のだ！」

バッグからケータイを取り出して、ギョッとした。——お母さんだ！

「ちょっとごめん」

あわてて席を立って、店の入口まで行く。

「もしもし」

「あ、香織？　今、大丈夫？」

「大丈夫……。まあ何とか」

返事のしようがない！

「エミちゃんとご飯食べたわ。エミちゃん、くたびれたんでしょうね。もうお風呂に入って、寝ちゃったわ」

と、栄恵は言った。

「そう。良かった」

「それでね、亡くなったお父さんのお葬式、三日ぐらい後になりそう。あんた、来る？」

「ええ？　私――学校あるし。でも、行けたら行く」

「そうね。お勤めも辞めてたっていうから、あんまり人も来ないだろうし」

「そうだね……」

「それからね、香織」

「うん」

「お母さん、このケータイのメールアドレスをね、以前と同じにしてあるの」

「以前って……。メールなんかしてたっけ？」

「ああ……。つまり恋人とね」

「恋人って……。ああ、心中するはずだった人のことね」

「そう。待ち合せの約束とか、メールでやり取りしてたの」

「そういうことがあると、メールのやり方も憶えるんだ」

「冷やかさないでよ」

栄恵は苦笑しているようだった。「それでね、今のケータイにしたとき、アドレス、新しく考えるのも面倒だったんで、以前と同じにしたの。知ってるのは、今同居してる人くらいだけど」

「私にも教えてよ。そっちへメールするから登録して。それで？」

「それがね……。ついさっき、メールが来て」

「その〈同居人〉から？」

「それなら驚かないけど……。山岸さんからなのよ」

「え？」

耳を疑った。――山岸が生きている？

「あのホテルで三日ほど一緒だったでしょ。もちろん必要ないかと思ったんだけど、山岸さんが警察に追われてたから、もし、二人で別に行動してるとき、警察がやって来るのを見たりしたら連絡してあげようと思ったの」

「分った。それで――でも、山岸さんも飛び下りたんでしょ？」

「そうよ。二人一緒に飛び下りたからね」

「じゃ、山岸さんも助かったってこと？」

「分らないけど……。まさか、あの世からメールして来ないでしょ」

結構真面目に言ってるところが、栄恵らしい。

「山岸さん、何て言って来たの？」

「うん、それがね……」

「ごめん」

と、香織は鉄板焼のテーブルに戻って、

「ちょっと話が長びいて」

「ボーイフレンド？」

と、涼子が笑顔で言った。

「お姉ちゃんに彼氏なんていないよ」

と、建一が言った。

「『彼氏なんて』って、どういう意味よ」

と、香織は弟をにらんだ……。

「――いや、もう満腹だ」

と、父が息をついた。

「あちらのテーブルでデザートを」

と、ウエイターが案内してくれる。

鉄板焼のテーブルは暑いので、移るとホッとする。

フルーツと紅茶を頼んで、香織は窓の外の夜景に目をやった。

――修介やのぞみの父親が生きている。

しかし、子供たちへ何の連絡もしなかったのは、なぜなのだろう？

母、栄恵へのメール……。

〈布川栄恵さん。

こんなメールを差し上げてびっくりされるでしょう。二年前、あの崖から海へご一緒に飛び下りた山岸です。

偶然のことから、あなたが生きておられると知り、もしかしたらメールが届くかと思い付きました。

その後、どうされていたのでしょうか。

もし、このメールをお読みになったら、ご返事をいただけると嬉しいです。

あのとき、あなたとお会いして過した三日間は、今も忘れられない時間でした……。

山岸治樹〉

内容から考えて、山岸当人に違いないだろう。

栄恵は、まだ返事したものかどうか、迷っているらしい。

「――お待たせいたしました」

フルーツが来て、建一は二口ぐらいでペロッと食べてしまった。

香織がフルーツをゆっくり食べていると、ケータイにメールが届いた。

それを読んで、

「――ちょっとごめん」

またレストランの入口辺りへ。

母からのメールだった。――山岸から母へ届いたメールを、こっちへ転送してもらったので、アドレスは互いに分っていたが……。

〈香織。

悪いけど、あなた、お母さんの代りに山岸さんに会ってくれない？　お母さんが会うより却っていいと思うの。

母より〉

「そんな勝手な……」

香織は母へ電話した。

「――あ、香織。メール読んでくれた？」

「うん。どうして私の方がいいの？」

「そりゃあ……。第三者の方が、冷静になれるし」

「娘が第三者？」

「ま、ちょっと違うけど」

「お母さん」

香織は、ちょっと周囲を見回して、「そのホテルで三日間過したとき、山岸さんと何かあったんじゃないの？」

「香織……」

「でも、今のお母さんには別の人がいる。だから山岸さんと会いたくないんでしょ。違う?」

栄恵はため息をついて、

「あんた、本当に十六?」

「どういう意味よ」

「男と女のことよ。――もう死ぬ気の二人だもの。初めの夜は、ただぐっすり寝たけど、二日目には……。この世の最後の相手だと思ってね……」

「やっぱりね。――ま、いいのよ、お母さんも女だものね」

「恐れ入ります」

「それじゃ……。私が勝手にメールして、会っていいの?」

「そうしてくれると助かる」

「はい。――学園祭が終ってからだよ」

「うん。よろしくね。あ、その代り、エミちゃんのことは、ちゃんと面倒みるから」

栄恵はすっかり気が楽になった様子だった……。

「――ごめん」

と、席に戻ると、他の三人は何となく黙っている。「――どうしたの?」

「香織。お前、本当に恋人でもできたのか? それならそう言えよ」

「違うわよ! たまたま別の子から……」

「ならいいが……。用心しろよ」

と、父は言った。

「相手は選ぶわよ。こう見えても、慎重なんだから」

「相手もそうだが……」

「何よ?」

「うん……。つまり……」

「『十六歳の母』になんないで、ってことだよね!」

と、建一が言った。

「ちょっと! ——全くもう!」

香織は、フルーツの残りを一気に口へ入れて、むせ返った……。


「何てメールすりゃいいんだ?」

と、香織はケータイを手に、考え込んでいた。

夜、自分の部屋で一人になると、

「山岸さんと会うなら、学園祭の代休の日がいいか」

と、思い付いた。

ということは、今夜あたりメールしておかないと……。

「う—ん……」

自己紹介しないとね。——でも、何て?

〈あなたと心中した栄恵の娘です〉

とか?

それも何だか……。

と、ケータイが鳴って、びっくりした。

「もしもし?」

「あ、香織さん。山岸のぞみです」

一瞬、香織は言葉が出なかった……。

「もしもし?」

と、山岸のぞみは言った。「あの——今、都合悪ければかけ直すけど」

「いえ、いいの。別にお風呂に入ってるわけでもないし」

と、香織は言った。

「今日は楽しかったわ」

「今日? 何だっけ?」

「文化祭のこと」

「あ……。ああ! どうも、わざわざ来てくれてありがとう!」

香織はあわてて言った。

あまりに色んなことがあって、文化祭が今日のことだったとは思えない。

「何だか変ね」

と、のぞみは笑って、「今、もしかして眠ってた?」

「あ……そう。そうなの。分る?」

「じゃ、起こしちゃってごめんなさい」

「いいのよ」

香織は、やっと少し落ちついた。

「いい夢見てたの?」

と言われて、とっさに、

「ええ。——お母さんが生きてて、バッタリ会う夢、見てた」

と言っていた。

「まあ……」

「のぞみさん、お父さんの夢とか、見る?」

その当の「お父さん」山岸へメールしようとしていたのだ!

「最近はあまり見ない。前はよく見たけど、でも、お兄さんにも言わなかった」

「どうして?」

「だって、お兄さん、怒るから」

「怒る?」

「やっぱり、家族を捨てて死んじゃった、ってことでしょ。お兄さんは、特に生活のことを心配しなきゃいけなかったしね」

「でも、のぞみさんは……」

「お兄さんの気持も分る。でも、私、娘のせいか、お父さんを心底恨む気になれないの」

「分るような気がするわ」

「そう？　だって——人間だものね、お父さんだって。誰か他の女の人を好きになることだってあると思うのよ。でも、だからって、家族を放り出していいとは思わないけど……」

「そうね」

香織は、少し間を置いて、「——のぞみさん。もし、あなたが道でバッタリお父さんに会ったら、どうする？」

と訊いた。

「そうね……」

と、のぞみも少し考え込んでいたが、「たぶん、『こんにちは』って言うわね」

香織はそれを聞いて笑った。のぞみも一緒に笑って、

「呑気ね、私って。でも、逃げられないように、きっとお父さんの腕をギュッとつかむでしょうね。手錠でつないじゃうか」

「私も、お母さんと会ったらそうするかな」

「でも——二人とも、死体は上ってないんだものね。生きてるって可能性はあるのよね」

「うん……」

のぞみの口調は、あくまで明るかったが、どこか寂しげに聞こえたのは、気のせいだった

ろうか。

「──じゃ、おやすみなさい」

と、のぞみは言った。「明日も文化祭ね。頑張って」

「ありがとう。──ね、のぞみさん」

「え？」

「あの……一度、映画でも見に行かない？」

「ありがとう。嬉しいわ！」

「じゃあ、またメールするね」

「うん、ぜひ！」

──香織は通話を切って、ホッと息をついた。

思わず言ってしまうところだった。

「あなたのお父さん、生きてるのよ！」

と──。

12 対面

平日の午後とはいっても、香織と同様、今日が「代休」という学校が多いのだろうか。

ショッピングモールは、香織のような若い子たちが一杯歩いていた。

香織はケータイを出して、時間を見た。

約束までは三十分以上ある。

でも……。クルクルと周囲を見回し、

「いない!」

ケータイで母へかける。

「——香織? ごめんね! 出るのが遅れちゃって」

と、栄恵は息を弾ませている。

「今どこ?」

「そっちに向って歩いてる。あと五、六分で着くわ」

「間違えてないよね、場所?」

念を押しておいて、ホッとする。

もしあんまり母が遅れて来たら、山岸と出くわしてしまうかもしれない。

山岸は、メールの文面からしても、几帳面《きちようめん》な人に思えた。きっと約束の時間より少し早く来るだろう、と思ったのである。

「あ、そうか」

こう人出が多いと、山岸と待ち合せた店も満席で入れない可能性もある。——早めに入っておこう。

少し落ちついて話のできる、そのティールームは、案の定、ほとんど一杯だった。

辛《かろ》うじて空いていた奥の席について、栄恵に「先に入ってる」と、メールしておいた。

「レモンティー」

と、オーダーして、ケータイのメールを呼び出して読んだ。

かなり苦労した割には、

〈山岸治樹様

私は布川栄恵の娘で、香織といいます。今十六歳です。母の代理で、メールをしています。

明後日、お会いできないでしょうか。

学校は代休なので、もしよければ午後三時に《Rショッピングモール》内の《N》という店でお待ちしています。

布川香織〉

と、当り前の文面になった。

ともかく詳しいことは会って話さなければ分らないだろう。

返信はすぐに来た。

〈香織様
メールありがとう。胸が痛くなりました。お母さんの代理ということは、やはり栄恵さんは生きておいでなのですね！

ちゃんとメールが届いただけでも感激です。

むろん伺います。お会いするのが楽しみです。

山岸治樹〉

その返信の素早さが、山岸の喜びを表わしているようだった。

香織は、むろん山岸と一人で会うつもりだった。しかし、メールのやりとりをして、その結果を母へ知らせようとして、ふと思ったのである。

山岸の顔が、自分に分るだろうか？

心中事件のとき、山岸の写真も見た。しかし、どんな顔だったか、そうはっきり憶えているわけでもないし、もう二年たっているのだ。向うも少しは様子が変っているだろう。

「会わなくてもいいけど、ともかく山岸さん当人かどうか、確かめて！」

と、母に言ったのである。

というわけで、栄恵とは山岸との約束の三十分前に、ここで会うことになったのだが——。

「遅い！」

香織は、栄恵が店に入って来るのを見て、文句を言った。

「ごめん……」

栄恵も確かに急いで来たらしく、汗さえかいている。

「あと十二分しかないよ」

と、香織は言った。「山岸さんが早く来たら、バッタリ会っちゃうかも」

「分ってるわ。――あ、私はいいの」

と、ウエイトレスに断って、「ちょっと、あんたのお水、ちょうだい」

と、水をガブガブ飲んで息をつく。

「これ、山岸さんの返信」

と、メールを見せると、

「あの人らしいわね。きちんとして、礼儀正しい」

と、栄恵は微笑んだ。

「喜んでないで、ちゃんと打合せ通りにしてよね」

「分ってるわよ」

栄恵はグラスの水をすっかり飲み干すと、「じゃ、連絡するわ」

と立ち上って店を出て行った。

入れ違い、というほどではないにしても、栄恵が出て行って三、四分して、山岸らしい男が店に入って来た。

さっぱりとした背広姿で、香織は安堵した。

あんまり惨めな格好をしていたら、のぞみたちが可哀そうという気がしたのだ。

山岸は香織の方へとやって来て、

「布川香織君かな」

と言った。

「はい。山岸さんですね」

「あの世から帰って来た山岸です」

と、真面目に言われて、香織はふき出しそうになった。

ともかく、二人は向い合って座ると、しばらく見つめ合った。

——この人が、のぞみや修介の父親？

でも、考えてみると、母の話の中に出て来た山岸とは大分イメージが違う。

妻子を置いて逃げていた人間とは思えないのだ。

山岸は甘いものが好きらしく、ホットチョコレートを注文した。

「あ、すみません」

香織のケータイにメールが入った。

打合せ通り、栄恵からだ。

〈間違いなく、山岸さんよ！〉

と、一行だけ。

栄恵は、外で店に入る山岸を見ていたのである。

「何か約束でも?」

と、山岸が訊いた。

「いえ、いいんです」

香織はケータイをしまって、「あの——母と飛び下りた事情は、聞きました。母から」

「今思えば、とんでもないことをしたよ」

と、山岸は言った。「お母さんは……」

「元気です。でも、死んだことになっているんです、今でも。知ってるのは私だけで」

「そうか……。僕も同様だ」

と、山岸は肯いて、「海岸に打ち上げられて、気が付くと、近くの子供がふしぎそうに覗き込んでた……」

「でも——帰らなかったんですね、お家には」

「うん。しばらくはやはり具合が悪くてね。その子供の家に世話になってた。——聞いてるかもしれないが、僕は会社の金を一億円使い込んだってことになっててね。家へ帰れば捕まって、家族がもっと悲しむだろうと思った」

「でも……」

と、香織は言った。「結局証拠はなかったって、聞きました」

「——誰から?」

「武居っていう刑事さんです」

「武居……。君のところにまで行ったのか」

「でも、山岸さん。公式には手配されてないんですよ。武居って人は今でも疑ってるようですけど」

「そうだったのか！　――じゃ、どうして……」

山岸は混乱しているようだった。

そのとき――香織はびっくりした。

店の中へ、決然とした足どりで、母が入って来たのである。

どうしたのよ！

「――山岸さん」

栄恵がテーブルの前で足を止めた。

「やあ……。栄恵さん！」

山岸が目を見開き、ゆっくりと立ち上った。

「生きてらしたのね」

「ええ。あなたも」

「良かったわ！」

栄恵はそう言うなり、いきなり山岸に抱きついてキスしたのだった。

香織は呆然としてその光景を眺めていた……。

「ちょっと！　――お母さん！」

香織は焦って母親をつついた。

なぜなら、母、栄恵がいい加減長く――本当はそうでもなかったのかもしれないが――山岸とキスしていたからである。

「人が見てるよ！」

しかし、栄恵は娘の言葉など耳に入っていない様子で、やっと唇を離しても、

「忘れられなかったわ！」

と、熱い吐息を洩らし、またキスしたのだった……。

「もう……。いくつだと思ってるのよ」

と、香織がにらんでも、栄恵の方は平然として、

「あら、年齢《とし》は関係ないでしょ」

と、言い返す始末。

「だって、私にわざわざ代りに山岸さんと会えって言っといて――」

「そのつもりだったわよ」

と、栄恵は言った。「でも今、店の表で山岸さんを見たら、急に胸が苦しくなって……」

「太り過ぎだよ」

「ちょっと！　ロマンチックじゃない子ね。全く」

山岸はちょっと笑って、

「いや、栄恵さんは変らない。あのホテルでの三日間、僕は生涯忘れませんよ」

「私だって……」

母、栄恵は山岸に恋しているのだと香織には分った。

しかし——恋してりゃいいってもんじゃないだろう！

「それにしても」

と、山岸が言った。「あの崖から飛び込んで、よく二人とも助かったものですね」

「本当に」

と、栄恵は肯いて、「やっぱり私たち、運命の糸で結ばれてたんですわ」

と、女子高生みたいなことを言い出す。

「しかし、こうしてお会いしたものの、これからどうすればいいのか、考えなくては」

香織は、山岸にも少々腹を立てていた。

妻子がどうしているか、気にならないのだろうか？

しかも二人は同じテーブルについているのに、香織のことは全く無視して、「二人の世界」のモードに入っている！

そうだ。——香織はケータイをそっと取り出すと、栄恵と山岸に見られないよう、テーブルの下で素早くメールを打った。

〈のぞみさん！

今すぐ、Rショッピングモールの《N》に来て！　とってもとっても大事なことなの！

香織〉

メールを送る。

のぞみがすぐメールを見れば、急いでやって来るだろう。

「――そうですか。すると栄恵さんも、ご主人には死んだことになってるんですね」

と、山岸が話を聞いて肯く。

「ええ。今さら戻るわけにも……」

「僕も同感です。身勝手かもしれないが、あのとき、断崖から身を躍らせた瞬間、何というか……それまでの自分を、すべて脱ぎ捨ててしまったような気がしたんです」

「分りますわ」

と、栄恵は肯いて、「私もそう感じました。あの感じは、飛び下りたことのある人間でないと分りませんよね」

私に向って言ってるの？　――香織はよっぽどそう言ってやりたかったが、今は二人にしゃべらせておこう、と我慢した。

下手に口を出して、「邪魔だから」と、二人だけでどこかへ行かれたら困る。もう少しここで話していてほしい。

「そういえばあのときは……」

などと、山岸は思い出話にふけっている。

この調子、この調子。――香織はそっと手もとのケータイを見た。

十五分ほどたって、

「――こうしていても仕方ありませんね」

と、山岸が息をついて、「栄恵さんにお会いできるとは思わなかったので……。今日はこれで失礼します」

ちょっと！　もうちょっと待ってよ！

香織は焦った。

「あら、せっかく会えたのに」

と、栄恵の方は未練があるようで、「もうしばらくいいじゃありませんか」

「いや、僕はいいが……。では、どこか店を移りますか」

「私、何だかお腹が空いたわ」

栄恵は呑気なことを言っている。

「じゃ、ここでサンドイッチでも取れば？」

と、香織は言った。「私もつまむから。それに、夕ご飯は、エミちゃんだっているわけだし……」

「あ、そうだった。忘れてたわ」

呆れたもんだ。――そのとき、香織のケータイが震えた。メールの着信だ。

そっと目を落として読むと、

〈香織さん。今、ショッピングモールの入口。《N》に行くね。　のぞみ〉

やった！

香織はケータイをポケットへ入れると、

「じゃ、サンドイッチ、私の分も頼んどいて。ちょっとトイレに行ってくる」

と、席を立つ。「すぐ表にあったね」

「飲み物はいいの？」

「じゃ、紅茶」

香織は〈N〉を出て、左右へ目をやった。

ともかく人出が多いので、のぞみの姿を見付けるのも容易でない。

「場所、分ってるかな……」

もうやって来てもいいころだ。

香織は、のぞみのケータイにかけてみた。

「――あ、のぞみさん、今どこ？」

「ごめん。入口間違えちゃって。今、案内図で確かめた。すぐそっちに行くわ」

「お店の前にいる」

通話を切ると、ポンと肩を叩かれ、びっくりして振り向く。

「彼氏に電話かい？」

山岸がニヤッとして、「僕もちょっとトイレに」

「あ、そう……ですか」

ヒヤリとした。

山岸が通路の少し先のトイレに向うと、香織は息をついた。

もちろん、いきなり山岸とのぞみを会わせていいものかどうか、香織にも分らない。しかし、のぞみには、父親が生きていることを知る権利がある。

「そうよ！　これでいいんだわ」

と、自分へ言い聞かせるように、口に出して言った。

「ごめん！　待っててくれたのね」

と、のぞみがやって来て言った。

「のぞみさん……。来てくれたんだ」

「だって、〈とっても〉大事なことだって……。何なの？」

「うん。あの……」

香織は、いざのぞみを目の前にすると、言い出しにくくなってしまった。

「――ともかく、お店に入る？」

と、のぞみは言った。

「いえ、ここで少し待ってて」

と、香織はあわてて言った。

「待つ、って……何を？」

「うん……、ちょっとね。のぞみさんに見てほしい人がいるの」

「私に？　誰のこと？」

「見れば分ると思う。――今、あそこのトイレに行ってる」

と、香織が指さした。

「そう……。誰なの、一体？」

「あの……もう少し……少し待って」

早く出て来い！　――香織はジリジリして足踏みしていた。

すると、そこへ――。

「香織、どうしたのそんな所で」

母、栄恵が出て来たのだ。

そして、のぞみを見ると、

「あら……」

「香織さん。この方のこと？」

「違うわよ！　これは……母なの」

「え？」

「娘がいつも……」

栄恵は的外れな挨拶をして、「香織ったらどうして――」

「待って！」

のぞみがびっくりして、「お母さん？　あなたの？」

「そう……なんだ」

と、香織は肯いて、「驚いたでしょうけど」

「あの――生きてたんですね！」

「うん。まあね」

「香織、この人……」

栄恵は文化祭のとき、のぞみと兄の修介をチラリと見ているのだが、顔が分るほどではないのだ。

「私――山岸のぞみです。山岸治樹の娘です！」

「まあ」

栄恵が唖然とする。

三人が〈N〉の前に立っていると、

「――おや、どうしたんです？」

と、山岸の声がした。

栄恵に気を取られている間に、戻って来たのだ。

そして、のぞみは山岸に背を向ける格好になっていたのだが、声を聞いて振り返った。

「――のぞみか」

と、山岸が言った。

のぞみと山岸。父と娘は、しばしただ呆然と向い合っているばかりだった。

「お父さん……」

「元気……そうだな」

二人とも、びっくりする余裕さえない、というところだったろう。

「この人なの」

と、香織は言った。「会ってほしかったのは……」

13　夢か幻か

四人は、ただ黙って――サンドイッチをつまんでいた。

ともかく、山岸とのぞみはお互い何をどう言っていいか分らない様子で、ひたすらサンドイッチを食べ続けて、二皿をたちまち空にして、もう一皿追加しなくてはならなかった……。

「母さん、入院してるのか」

と、山岸は言った。

「そうよ。――こちらの香織さんのお父さんのおかげで、いい病院へ移れそう」

「そうか。それはどうも……」

「お兄さんの仕事も、世話して下さったの」

「それはますます……」

「いいんです、そんなこと」

と、香織はやっと言葉を口に出した。「それより、ご家族の苦労を分って下さいね」

「香織さん、ありがとう」

のぞみはハンカチを出して、涙を拭った。

「生きてたのなら……何かひと言ぐらい……」

「すまん」

と、山岸は頭を下げた。「もう、僕のことは死んだと思ってるだろうと……」

「そりゃ思ってたけど……。だからって放っといてもいいの?」

のぞみもやっと怒りがこみ上げて来たようだ。

そのとき、のぞみのケータイが鳴った。

のぞみは一目見て、

「お兄さんからだ!」

と言った。

「修介から?」

と、山岸は言った。

「出ていい?」

と、のぞみは鳴り続けるケータイを手に、「ここに来てもらう?」

「どうせ分ったんだから」

と、香織が言うと、山岸も少し迷いながら、

「そうだな……」

と、小さく肯いた。

「——お兄さん?　——そう。病院にも行くけど、その前にちょっと来てほしい所があるの

……」

のぞみは、「父がいる」とは言わずに切って、「二十分くらいで来るって」

「そうか……」

「山岸さん、嬉しくないんですか？」

と、香織がジロッとにらむと、

「いや、もちろん嬉しいとも。ただ、突然のことだし……」

「お兄さん、カッと来て殴るかも」

と、のぞみが言うと、山岸は本当に青くなった。

「冗談よ、お父さん」

と、のぞみはなだめて、「けとばすくらいで済むわよ」

あんまり慰めになっていない……。

「ともかく」

と、香織は少し声を大きくして、「一度、関係者が全員集まって、これからどうするか決めた方がいいわ」

「でもねえ……」

と、母、栄恵は気が進まない様子。「あの人は……分ってくれるかしら」

「お母さん」

と、香織は心を決めて言った。「お父さん、再婚しようとしてるんだよ」

栄恵は一瞬ポカンとしていたが、

「――そうなの」

「お父さんの通訳をやってる女の人と。私と建一も、ちゃんと聞いてる」

「そう……」

栄恵はホッとしたような、それでいてどこか納得できずにいるような、微妙な表情をしていた。

「でも――まあ、当然のことよね」

と、栄恵は自分に言い聞かせるように言った。

「お母さんはいいかもしれないけど……」

と、香織は少しムッとして、「建一なんか、ちゃんと分ってくれるかどうか……」

「やっぱり、私が生きてるってこと、内緒にしといた方が――」

「無理だよ！　私、知らん顔して涼子さんのこと『お母さん』なんて呼べない」

と、香織は強い口調で言った。

「そう……。そうよね」

と、栄恵は気圧《けお》されたように肯いた。「涼子さんっていうの」

「『涼しい』って字でね。栗山涼子っていうのよ」

今は死んだ田島のことまで言い出せない。言い出したら、ただでさえややこしい話が、ますます混乱するだろう。

「――ともかく、お母さんに会ってね」

と、のぞみが山岸に言った。「入院してるのよ。心配じゃないの?」

「いや、よく分ってる」

と、山岸は何度も肯いた。「申し訳ないと思ってるよ」

「申し訳ない、だなんて……。それなら、どうして今まで黙って隠れてたのよ!」

急にこみ上げるものがあったのか、のぞみがポロポロと涙をこぼした。

山岸は何を言っていいか分らないという様子で、じっと目を伏せている。

「のぞみさん……」

香織が手を伸してのぞみの手を握った。

「ごめんなさい……。泣くつもりじゃなかったのに」

と、のぞみがハンカチを出して涙を拭った。「ただ……お母さんやお兄さんが、この二年、どんなに辛い思いをして来たか、それを考えたら……」

「分るわ」

と、香織が肯く。

「もう大丈夫。――でも、ともかくお父さんが生きてるって分ったんだものね」

のぞみが無理に笑顔を作って見せた。

「そうよ。修介さんと一緒に病院に行って、お母さんをびっくりさせてあげればいいわ」

「そうね。お母さん、気絶しちゃうかしら」

と、のぞみは笑った。

「そろそろ修介さん、来るころね」

と、香織が言った。

すると、そのとき――唐突に山岸が立ち上った。そして、

「のぞみ！　すまん！」

と、頭を下げ、「必ずまたお前たちの所へ戻るからな」

と言うと、いきなり店から駆け出して行った。

「――お父さん！」

のぞみが急いで後を追う。香織もパッと立った。椅子が引っくり返ったが、構わずに駆け出した。

そして店を出ると――。

山岸が、修介と向い合って立っていたのである。修介は呆然として、

「――父さん？」

山岸が修介に背を向けて走り出した。

「お兄さん！　追いかけて！」

と、のぞみが叫ぶと、修介はあわてて父親を追って走り出した。

「お父さん、どうして……」

泣き出しそうになって、のぞみが言った。

「今は追いかけるのよ！」

香織はのぞみの背中を叩いて、「行きましょ！」

「うん！　――待って、香織さん！」

二人は、人の流れを縫って走って行った。

しかし、人出が多いこともあり、もう山岸と修介の姿は見えない。それでもしばらくその方向へと小走りに人をかき分けて行ったが……。

「お兄さん！」

のぞみは、修介を見付けて呼んだ。

「どうした？」

と、香織が訊く。

「この辺まで追いかけて来たんだけど……。ここで三つに分れてるだろ。もう分らなくなって……」

と、修介は息を弾ませた。「――生きてたんだな！」

「でも、ひどい！　また逃げ出すなんて」

のぞみは恨みのこもった目で言った。

「――仕方ないわ。一旦戻りましょ」

と、香織は言った。「山岸さんのケータイのメールアドレスも分ってるわ。連絡は取れるわよ」

――三人が、元の店に戻ると、栄恵が一人、ポツンと席に座っていた。

「お母さん、心当りないの？」

と、香織は言った。

「分らないわよ。どうして急に逃げちゃったのかしら。――私のせいじゃないわよね」

と、栄恵は心配そうに言った。


「お母さん」

と、まずのぞみがそっと声をかけた。

ウトウトしていたらしい、山岸信代は目を開けて、

「のぞみ……。来てくれたの」

「ね、二、三日の内に、もっときれいないい病院に移るからね」

「まあ……。いいのよ、私は」

「だめだめ！　私たちに任せて。あの――香織さんのお父さんがお世話下さったの」

「まあ、どうも度々……」

と、信代は香織の方を見て小さく会釈した。

「いえ……。私たちにも責任があるので」

と、香織は言った。「私、布川香織といいます」

「布川さん……」

「ご主人と一緒に海に飛び込んだ布川栄恵の娘です」

「まあ」

と、信代は目を見開いた。

「あの――これが当人の、栄恵です」

香織がわきへどくと、栄恵が進み出て、

「あの――どうも」

と、頭を下げた。

信代は呆気に取られていたが、

「では……生きておられたんですか」

と、しばらくしてから言った。

「この人だけじゃないよ」

と、修介が言った。「親父も生きてたんだ」

「あの人が？」

「今日会ったよ」

と、修介は言った。

「お父さんに――会った？」

「また逃げられちゃったけどね」

「でも――生きてたのね！」

「そうなのよ。ひどいわ！」

と、のぞみが言った。

「生きてたの……。あの人が……」

信代は深々と息をついた。

「——ご迷惑をかけまして」

と、栄恵は言った。

「いいえ。でも、二人とも助かったんですね！　良かった。——生きててくれただけでも嬉しいです」

信代が涙をこぼしている。

栄恵がケータイを取り出すと、どこやらへ発信した。

「お母さん——」

「聞いといたの、ケータイ番号」

栄恵は、「——あ、もしもし。——山岸さん、今、奥さんと代ります」

と言って、ケータイを信代へ手渡した。

信代はこわごわという様子で、

「——もしもし？」

と言った。「——まあ、本当にあなたなのね！」

香織は栄恵を、

「知ってたら、教えてくれりゃいいのに」

と、にらんでやった。

信代は、十分ほど夫と話していたが、

「――分ったわ。待ってますから、来られるようになったら来てね。――ええ、私は大丈夫。私より、子供たちに謝ってちょうだい。――ええ、楽しみにしてるわ」

信代は通話を切ると、ケータイを栄恵に返した。

「ご主人とは、もともとの知り合いじゃなかったんです。向うのホテルでたまたま……。ふしぎなご縁で」

「よく来て下さいました」

信代は手をそっと持ち上げた。栄恵が歩み寄って、その手を取る。

「早く元気になって下さい」

と、栄恵は言った。

信代は小さく肯く。――頬がポッと赤くなっていた。


「お母さん」

病院を出て、香織は言った。「お母さんのこと、まだお父さんには言わない」

「そう……」

「私、考えがあるんだ」

と、香織は言って、「じゃ、エミちゃんのこと、よろしくね」

「香織——」

栄恵は、香織が足早に行ってしまうのを、ポカンとして見送っていた……。

14 「家族」旅行

「あの、断崖のそばのホテルですね」

と、タクシーの運転手が言った。

一瞬、誰も答えなかった。

運転手は、ちょっと戸惑ったように、

「違うんですか？」

「いや、そこでいいんだ」

と、布川は言った。「間違いないよ」

タクシーは走り出した。

よく晴れた日で、駅を出たときにはまだ充分に青空が広がっていた。

助手席に栗山涼子が座り、後部座席は布川と香織、建一と三人で、やや窮屈だ。

初めは布川が車を運転して来る予定だったが、列車の方が時間もあまりかからないことが分って、変更したのである。

「今日は穏やかだね」

と、運転手が言った。「風が強い日は、結構この車でもふらつくことがあるよ」

涼子が適当に相手をしていたが、後ろの三人は無言だった。

布川と建一は「ここで栄恵が死んだ」のだと思っているのだから、気軽に世間話などする気にもなれないだろう。

そして香織一人、母が生きていることを知っているが、父と弟の手前、そう呑気な顔もできない……。

——週末。涼子が提案した、あのホテルでの一泊に向っているところである。

「——あれだ」

と、布川が言った。「ずいぶん洒落た作りに変ったけどな」

視界が開けて、水平線が見えた。そして道の先に、海に向って張り出すような崖の上に、白いモダンなホテルが建っている。

香織も建一も黙っていた。

「美しい所ね」

と、涼子が言った。

香織は、建一がちょっといやな顔をしたのに気付いた。母親が自殺した場所を、「美しい」というのは、やはり気配りに欠けている、と香織は思った。

タクシーがホテルの玄関に着くと、ボーイが小走りに出て来て、トランクの荷物を下ろした。

「私、チェックインして来ます」

と、涼子は言って、「ソファで休んでいて下さい」

布川と香織、建一の三人はロビーのソファに腰をおろした。

「聞いてくれ」

と、布川が子供たちに、少し小声で言った。

「このホテルに泊るのは、抵抗もあるだろうが、涼子には涼子なりの考えがあってのことだ。分ってやってくれ」

「私は分ってるけど……」

と、香織は建一の方へ目をやった。

「僕も、文句なんか言わないよ」

と、建一は言った。

「そうか。——じゃ、よろしく頼むぞ」

布川はホッとした様子だった。

楽じゃないのね、再婚するっていうのも、と香織は思った……。

「そういえば——」

と、香織は思い付いて、「部屋いくつ取ったの？　一つじゃ無理でしょ」

「三部屋だよ」

「三つ？　じゃ、どういう風に——」

「まあ……。女同士、男同士ってことだろう」

「そんなのいやだ」

と、香織は眉をひそめて、「お父さん、涼子さんと泊ってよ。私は——いいよね、建一、一晩や二晩くらい、一緒でも」

「姉ちゃんと一緒？」

「あんた、何よ。いやだって言うの？」

「我慢してやるよ。しょうがない」

「何言ってんの。お風呂入ってるの、覗かないでよね」

「誰が！」

二人してやり合っている内、建一もいつもの明るさが戻ったようだ。

「——お待たせしました」

と、涼子がルームキーを手にやって来た。

「それじゃ、こっちは……」

「子供たちは一緒でいいとさ。僕と君で泊ろう」

「あら。——いいの？」

「恨まれちゃいやだもんね」

と、香織はわざとふざけて見せた。

ツインルームに入ると、建一はベッドの一つにピョンと飛び乗って、

「僕はこっち」

「どっちでもいいわよ」

香織は自分のバッグを開けて、「私のシャンプーとリンス、使わないでよ」

「使わないよ。自分の持って来たもん」

「あんた、自分用のシャンプーがあるの？　生意気ね！」

と、香織は笑った。

バスルームに入ってドアを閉めると、香織はシャンプーなどを洗面台に並べ、ケータイを取り出して、メールを送った。

〈今、ホテルに着いた。部屋は《303》。建一と一緒。お父さんは彼女と《401》にいる〉

少しして、返信が来た。

〈私は《207》よ。午後早く着いちゃったわ。栄恵〉

香織はそれを読んで肯くと、ケータイをポケットへしまった……。

バスルームを出て、

「私、ちょっと出てくるね」

と、建一へ言った。

「お土産、買うの？」

「まさか。――ここで買うことないでしょ」

「そうだね」

建一はベッドに寝転って、リモコンでTVを点けた。

「寝てTV見ると、目が悪くなるよ」

と、香織は言った。「夕食まで時間あるでしょ」

「腹減った」

「食事は一緒よ」

「分ってる」

香織は部屋を出た。

大きなホテルではないから、どこで誰と会ってもおかしくない。

ロビーへ下りて、用心しながら見回すと、ソファの方へ。

「――お母さん?」

ソファに座っている栄恵を見て、香織はふき出してしまった。

「――おかしい?」

「おかしいって言うか……。怪しいよ、どう見ても」

赤いコートに、サングラス、大きなマスク。――透明人間じゃあるまいし!

「寒くなるから、出かけよう」

と、香織は言った。「建一は部屋でTV見てる。エミちゃんは?」

「列車でくたびれたんでしょ。部屋でぐっすり寝てるわ」

「じゃ、大丈夫だね。しっかりしてるしね、あの子」

母娘は一緒にホテルを出た。

風が、さっきより少し強くなっている。夕暮の気配が感じられた。

「夜は真暗だろうね、この辺」

と、香織は言った。

「そうね。夜だったら、間違って崖から落ちる人もいそうね」

二人は断崖の方へと向った。

柵があって、立て札が、〈もう一度考え直そう！〉と訴えている。

「よっぽど自殺する人、多いのか」

「二年前は、柵はあったけど、この立て札はなかったわね」

と、栄恵は言った。

「どの辺から飛び込んだの？」

「たぶん……。あの先ね」

と、栄恵は指さして、「向うへ斜めに落ち込んでて、その先がスパッと真直ぐな断崖なの」

「行ってみてもいい？」

「やめなさい。もし本当に落っこちたらどうするの！」

「大丈夫だよ」

言うより早く、香織は柵を越えていた。

栄恵はため息をつくと、苦笑して、柵を何とかまたいで越え、香織について行った。

「香織！　もう……」

「――これが、お母さんが死を覚悟して眺めた風景なのね」

と、香織は海に向って立つと、深呼吸した。

「そんな呑気なもんじゃなかったわよ」

と、栄恵は息を弾ませて、「景色を眺める余裕なんてなかったわ」

「でも、やっぱり怖かった？」

「そりゃあね。――山岸さんと、お互いに励まし合いながらジリジリ進んで行ったものよ」

「やめよう、とは言い出さなかったの？」

「それはよく憶えてないわね。ともかく夢中で――」

「お母さん」

と、香織は遮って、「誰かいる！」

崖の向うの斜面から、誰か人の頭が覗いたのである。

「まあ……」

二人が呆気に取られて眺めていると――。

這い上って来たのは、何と山岸だった。

「――あ」

「山岸さん！　何してるの？」

と、栄恵は言った。

「いや……。懐しくてここへ来たら、ズルズル滑って……。落っこちそうになったんだ」

と、山岸は喘《あえ》いで、「怖かった！」

「呆れた。――もう飛び込まないで」

「柵が低過ぎるのがいけない！」

と、山岸は文句を言った……。

「ああ……。服が汚れちまった」

山岸は必死で服の土埃りを払い落としている。

「どうしてここへ？」

と、栄恵が訊く。

「私が招《よ》んだの」

香織の言葉に、栄恵はびっくりして、

「じゃ、私にも黙って？」

「考えがある、って言ったでしょ」

「全く……。あんたは子供なのよ」

「お母さんこそ子供だわ。ね、山岸さん」

と、香織は澄ましている。

「いや……。あのときのことを思い出す」

山岸は海の方へ目をやった。

「山岸さんもホテルに？」

「ええ。――やはり、ここできちんと結末をつけないと」

「結末？」

「栄恵さん。いつまでも人生から逃げてはいられない。そう思ったんだ」

「だって――この間、逃げ出したのはあなたじゃないの」

「お母さん」

と、香織は栄恵の肩を叩いて、「もうホテルへ戻りましょ」

「ええ……」

栄恵はちょっと身震いして、「風が冷たくなったわね」

「夜になるんだ」

と、山岸は言った。

「そうね」

と、栄恵は肯いて、「あの冷たい海に飛び込んで、よく二人とも生きてたわね」

聞いていて、香織は苦笑いしていた。――大人なんて勝手なもんだ。

二人が生きてたことに感動するくらいなら、初めから飛び込んだりするな、って！

ホテルに向って歩いていた香織が、ハッとして足を止めた。

「お父さんたちが出て来る！」

「え？」

「早く隠れて！　二人とも！」

「だって、隠れるなんて言っても――」

「急いで！　そこのプレートのかげにでも！」

ホテルの玄関の少し手前に置かれている、ホテル名が浮き彫りにされた大きなプレート。

ともかく、その向う側へ、栄恵と山岸は駆け込んだ。

しかし、大の大人が二人隠れるには小さ過ぎて、二人が地面にうずくまったものの、母のお尻が覗いて見えていた。

だがホテルから、正面の自動扉が開いて、ちょうどそこへ布川と栗山涼子が並んで出て来たのである。

「――香織、どうしたんだ？」

と、布川が気付いて言った。

「別に。ちょっと歩いてたの」

と、香織は言った。

「そうか。母さんの飛び込んだ所を見たかったのか」

「うん。どの辺だったの？　教えてよ」

と、香織は言った。

「じゃあ一緒に行きましょう」

と、涼子が言った。「私もちゃんと手を合せておきたいの」

「すぐそこだ」

と、布川は崖の方を指さした。「ちょっと行ってみよう」

香織は、父と涼子にくっついて、また崖の方へ歩き出した。

「その柵の向うだ。――立て札なんか、あったっけな」

父と涼子がその立て札の方へ向うと、香織は振り返った。

母と山岸がプレートのかげから這い出して来る。

香織は、二人に向って手振りで、早くホテルへ入れ、と合図した。

母と山岸があわててホテルへ駆け込む。

「――香織、どうした？」

と、父が振り返って言った。

「何でもない」

フウッと息をついて、「その立て札、読んだよ」

「ちょうどこの辺だ。――あそこの辺りに、二人の靴が並べてあった」

「――何を考えてらしたんでしょうね、お二人とも」

と、涼子は首を振って、「でも、どんなに悩みがあっても、子供のことを考えたらねえ……。私なら、自分が苦しんで済むことだったら、辛抱するけど……」

「まあ、人には色々考えがある」

と、布川は曖昧《あいまい》に言った。

涼子が合掌《がっしょう》して目を閉じる。——香織は、チラッとそれを見ただけで、自分は一歩後ろにさがった。

「さあ、戻ろう」

と、布川は言った。「風が冷たい」

「ええ」

涼子は、戻るときには布川の腕にしっかりと自分の腕を絡めていた。

それは香織の目には、涼子が「もうこの人は私のものよ！」と、見せつけているかのように映った。

ホテルに入ると、香織はちょっとフロントの奥の大きな時計に目をやった。

「——私、この辺の案内図とかパンフレットを見て行く」

「そうか。じゃ、夕食のときにな」

「うん」

「まだ一時間以上あるわね」

と、涼子が布川へ甘えるように、「二人でゆっくりできるわ」

——香織は、父と涼子がエレベーターへ姿を消すのを見送って、ロビーに置かれたチラシを二、三取ると、ソファに腰をおろした。
五、六分すると、ホテルの正面にタクシーが停った。
ボーイが急いで出て行く。

タクシーから降りて来たのは、山岸修介とのぞみの兄妹である。

香織は立ち上って駆け寄った。

「予定通り来てくれたね!」

「香織さん。——良かったわ、会えて」

「チェックインして。ロビーにいると誰に会うか分らない。部屋へ行きましょ」

と、香織はせかした。

「でも、ここで何をするんだ?」

と、修介はわけが分らなくて不服そうだ。

「後で説明するから! 早く!」

香織は二人の背中を押しやった。

修介とのぞみがチェックインの手続をしているのを、ジリジリしながら見ていた香織は、

「いらっしゃいませ」

という声に、正面玄関の方を振り返った。

バッグをさげてロビーへ入って来た女性が、香織を見付けて手を振った。

川根陽子。——田島の遺体を見に行ったときに会った女医だ。山岸の「愛人」だったと言

われていた川根初子の妹である。

香織は唇に指を当てて、後で、というように肯いて見せた。

「——お部屋へご案内します」

ボーイの後について行く修介たちと一緒に、香織はあわててエレベーターの方へと歩き出した。

——ああ、忙しい！

でも、香織の胸は高鳴っていた。

15 袋小路

布川は眠ってしまっていた。

「シャワーを浴びたら？」

と、涼子は声をかけたが、布川はちょっと呻くような声を出しただけで、寝返りを打った。

涼子はそっとベッドから出ると、バスルームへ入って行ってドアを閉めた。

鏡に映る自分の裸身を眺める。――まだ充分に美しい。

今五十四歳の布川にとって、三十六歳の涼子の肌は魅力的で、我を忘れるに値するものなのだ。

「勝ったわ……」

と、涼子は鏡の中の自分に向って呟いた。

妻の死んだ、この場所、このホテルで、布川は夢中になって涼子を抱いたのだ。そのことが大切なのだった。

涼子は髪が濡れないように、シャワーキャップをかぶり、バスタブへ入ってシャワーを出した。――ぬるめのシャワーが、汗を流して行く。

むろん、ザッと流すだけだ。
すぐに出てバスタオルで体を拭うと、バスルームを出る。
布川は寝息をたてていた。――まだ起さなくていい。
夕食の時間の二十分前くらいになったところで起こせば……。
涼子は服を着ると、ソファに座って寛《くつろ》いだ。――抱かれた後は、体がほぐれて快い。
ふと、バッグからケータイを取り出して、
「何かしら……」
メールの着信がある。
仕事の連絡？　それなら放っておこう。
憶えのないアドレスから届いているのは、写真だった。本文はない。
間違いだろうか？
画面に写真が現われた。
女の子の写真。――中学生くらいの女の子の笑顔の写真だ。
ちょっと眉を寄せて見ていた涼子が、息を呑んだ。
「まさか……」
思わず言葉が洩れた。「――エミ？」
立ち上っていた。布川の方へ目をやる。
大丈夫。ぐっすり眠っている。

涼子は、バッグとルームキーをつかむと、部屋を出た。

廊下を、チェックインして来た客がボーイと一緒にやって来る。

「ちょっと」

と、涼子はボーイへ声をかけた。「お茶の飲める所は？」

「最上階のバーが、今はティータイムでございます」

「ありがとう」

エレベーターで最上階へ上った。

バーは、海を見渡せるようになっていて、今は他に客もない。

席について、

「コーヒーを」

と頼んで、水を一口飲むと、少し落ちついた。

もう一度ケータイに届いた少女の写真を見る。

「エミだわ……」

なぜ、このケータイに？

涼子はしばらくその写真を眺めていたが、

「これって……」

少女はベッドらしいものに座っている。

背景のインテリア。壁の色、カーテンの柄……。

「このホテルだわ」

と、涼子は呟いた。

このホテルのどこかの部屋で撮った写真だ！

エミがこのホテルにいる？

涼子はしばし呆然としていた……。

「お待たせしました」

目の前にコーヒーが置かれた。

呆然としていた涼子は、思わずギクリとして身を縮めた。ウエイターの方がびっくりして、

「あの……どうかなさいましたか」

「いえ……。そうじゃないの」

涼子はホッと息をついて、「ね、あなた」

と、ウエイターへ声をかけた。

「何か……」

「これ、どの部屋か分る？」

と、ケータイに送られて来た写真をウエイターに見せた。

「はあ……。このホテルのようですね」

と、ウエイターは首をかしげて、「どの部屋も内装はほとんど同じですので……」

「そう。――そうよね」

と、涼子は少し落ちついて来て、「ごめんなさい。引き止めて」

「いえ、とんでもない」

ウエイターが行ってしまうと、涼子はコーヒーにたっぷり砂糖を入れて、一気に半分ほど飲んでしまった。

「ああ……」

少し目を閉じる。

しかし、この写真が幻でないことは分っている。

エミは確かもう中学生になっているはずだ。——面影ははっきりしていて、エミには違いないが、ずいぶん大人びている。

エミが、なぜこのホテルに?

そして誰がこのメールを送って来たのだろう……。

「ルームサービス?」

と、山岸修介は言った。「レストラン、あるんだろ?」

「あるわよ」

と、香織は肯いて、「でも、きっとゆっくり食べていられないと思うの」

「七時に予約って……」

と、のぞみがふしぎそうに、「私たちも七時に行くのね?」

「ええ。でも、そこではきっと食事どころじゃないと思うから、今ルームサービスで何か取って、少し食べておいて」

「さっぱり分んないけど、いいわ」

と、のぞみはルームサービスのメニューを開いて、「ホテルの部屋で食べるっていうのも、悪くないわよね」

「まあ、何でも食べられりゃいいや」

と、修介は肩をすくめて、「腹へってるんだ。早くできるものにしてくれ」

「お兄さん！　子供みたいなこと、言わないでよ」

と、のぞみは苦笑した。「香織さんはどうするの？」

「私はそういうわけにいかないの。弟もいるしね」

香織は立ち上って、「それじゃ、七時にレストランへね。テーブル、予約してあるから」

「分ったわ」

のぞみは、香織が出て行くとルームサービスへ電話してオーダーした。

「カレーにしたよ」

「うん。いいよ」

「私、お風呂に入ろうかな。ルームサービス来たら、頼むわね」

「おい、ここで脱ぐなよ」

「誰が！　ちゃんとバスルームの中で脱ぐわよ！」

と、のぞみは舌を出して見せた。

香織はホテルのロビーへと下りて行った。

「予定通り着いたかな……」

と、ケータイを取り出して時間を見る。

とたんにケータイに着信があった。

「いいタイミング」

香織はロビーのソファに腰をおろして、「――もしもし」

「布川香織君だな」

と、不機嫌そうな声がした。

「今、どこですか？」

「言われた通りの列車で着いたところだよ」

と、武居刑事は言った。「どういうことか説明してくれ」

「今、電話で？」

「いや、ともかくそっちへ行く。――何て名だ、ホテルは？」

「教えない」

と、香織は言った。

「何だと？」

「ここへ来たら、ちゃんと真面目に話を聞いてくれる？　約束してくれなきゃ教えない」

「おい……」

武居はため息をついて、「聞く気がなきゃ、こんな所まで来るもんか」

「ま、そうね。いいわ」

香織はホテルの名を教えて、「タクシーで十五分くらいよ。タクシー代ある？」

「馬鹿にするな」

と、武居はムッとしたように、「すぐそっちへ行く」

「お待ちしてます」

香織は通話を切った。

川根陽子がやって来た。

「──香織さん」

「あ、陽子さん」

「何だか、ふしぎなことになってるみたいね」

「すみません、勝手なことばっかり」

「いいのよ」

と、陽子は微笑んで、「姉が巻き込まれてることなら、私にも関係あるわ」

陽子はソファにかけると、

「もし良かったら、事情を聞かせて」

と言った。

「初子さんは、山岸さんの恋人だったと言っています。でも、山岸さんは全く覚えのないことだと」

「心中したのは別の女よね」

「お金が絡んでるんです」

と、香織は言った。「誰かが会社のお金を横領して、それを山岸さんがやったことにした。初子さんはそのために利用されたんだと思います」

「姉が？」

「山岸さんは、逃げ回るのに疲れて、このホテルまで来て、崖から身を投げたんです」

「でも、心中だったんでしょ？」

「一緒に飛び込んだの、私の母です」

「まあ」

「でも、二人は死ななかったんです。別々に助けられて、生きのびたんです」

「そうだったの」

「本当にお金を横領した人間は、山岸さんが死んだと思ってる。でも、もし生きてると知ったら……」

「生きてられては困るわけね」

「だから、武居って刑事さんをここへ呼んだんです」

「姉と一緒にいたっていう……」

「真相が分るっていうことは、新しい事件が起る可能性がありますから。それが解決の近道だと思います」

陽子は笑って、

「あなたって、愉快な子ね」

「私は――ただ、できるだけ母も山岸さんも、傷つけたくないだけです」

と、香織は言った。「関係したすべての人を」

「それは無理というものじゃない？」

「ええ。でも――傷ついても、自分を大事に思ってくれる人がいさえすれば……」

「やさしいのね」

「私――母が好きです。とっても自分勝手だったりするけど、でも根はいい人です」

「私も姉が好きよ」

と、陽子が肯いて、「似てないんだけど、私たち」

香織は正面玄関の方へ目をやった。

タクシーが停って、武居が降りて来るのが見えた。

一人じゃない？　――香織は目をみはった。

武居に続いて、川根初子が降りて来たのである……。

涼子は部屋に戻った。

布川はベッドにはいなかった。

バスルームからシャワーの音が聞こえている。

ドアの閉る音を聞いたのか、シャワーが止って、

「君か」

と、布川の声がした。

「ええ」

涼子は答えて、「ちょっと上でコーヒーを……」

「さっぱりしたくてね」

と、布川が言った。「すぐ出るよ」

「急がないで」

涼子はソファにかけて、「まだ時間は充分あるわ」

と言った。

再びバスルームからシャワーの音が聞こえて来ると、涼子はケータイを取り出して、エミの写真を眺めた……。

——十分ほどして、布川がバスローブをはおって現われた。

「もう仕度なさった方が」

と、涼子は言った。

「うん。――時間は?」

「大丈夫。ゆっくり仕度しても間に合うわ」

涼子はそう言って立ち上ると、湯上りの布川に抱きついて、唇を触れた……。


「いい席だ」

と、布川は言った。

でも外は暗くて、何も見えない。

「窓のそばっていっても、これじゃ同じね」

と、香織は言った。

「お腹へった!」

建一はテーブルをコンコンと叩きながら言った。

「よしなさい」

と、香織はにらんで、「あんたも、ちゃんとテーブルマナーを身につけないと」

「食べられりゃいいんだ」

「もう中学生でしょ」

ともかく、「四人」がテーブルを囲んでいた。

「いらっしゃいませ」

ウエイターがやって来て、「お飲物は」

「そうだな。まずシャンパンをもらおう」

と、布川が言った。

香織はジュースを頼んで、大きなメニューを広げた。

レストランの入口に背を向けているが、暗い窓には入って来る客がはっきりと映る。

メニューを見ているふりをして目を窓ガラスへやると、レストランに入って来る山岸修介とのぞみの兄妹が見えた。

「ともかく乾杯だ」

と、布川はシャンパンのグラスを手に取った。

「そうね」

と、涼子もシャンパン。

香織と建一はオレンジジュースのグラスを手に取った。

「それじゃ、新しい家族の未来に！」

と、布川がグラスを上げる。

「乾杯」

香織の声は、つい小さくなっていた。

父をがっかりさせたくはない。でも……。

香織は、涼子がグラスを持つ手を止めたのに気付いた。

涼子は、山岸修介とのぞみに気付いたのだ。

香織は何も知らないふりをして、

「いいホテルね、ここ」

と言った。

「そうだな」

布川は肯いて、「ここで何が起ったにしても、ホテルのせいじゃない」

むろん、母の心中のことを言っているのだ。

その母が、今このホテルの中にいると知ったら、どう思うだろう……。

「早く食べるもん、来ないかな」

建一はひたすら空腹だけが心配なようだ。

オードヴルの皿はすぐに出て来て、建一はアッという間に空にしてしまった。

「少ないよ、これ」

「あんたね、オードヴルって、少しだけなのよ！」

と、香織は苦笑した。「ちゃんと食べるものがどんどん出て来るから大丈夫！」

「本当？」

建一は、あんまり姉の言うことを信用していないようだった。

香織は、スープが出て来ると、チラッと窓ガラスの方へ目をやった。

修介とのぞみも食事を始めているようだ。

そう。——そろそろ次の登場人物だわ。

「いらっしゃいませ」

と、声がした。

顔を上げた涼子が凍りついたように、スープを飲みかけた手を止めた。

窓ガラスを見ると、山岸が子供たちのテーブルに歩いて行く。

修介とのぞみはびっくりした様子で、山岸を見上げている。山岸はテーブルに加わったが、香織たちのテーブルへ背を向ける格好で座っている。

「――涼子、どうした？」

と、布川が言った。「顔色が悪いぞ」

「いえ、別に……」

涼子は平静を取り戻すとスープを飲み干して、息をついた。

「――食べ物じゃないじゃないか」

と、建一は不服そうだ。

「次はちゃんと食べるものが出てくるわよ」

「本当だね」

「少しはお姉ちゃんを信用しな」

と、香織は言ってやった。

涼子はナプキンで口を拭うと、

「私、ちょっと部屋へ戻って来ます」

と、立ち上った。「召し上ってて下さいね」

「一緒に行こうか？」

と、布川が訊く。

「いえ、大丈夫です。そう手間取りませんから」

涼子が歩き出そうとすると——。

香織たちのテーブルからちょうど死角になって見えなかった席から、女の子がスタスタと
やって来て、涼子の前に立った。

涼子が青ざめる。

「ママ」

と、エミが言った。「私のこと、分る？」

布川が驚いて、

「『ママ』だって？」

「いやね！　何を間違えてるの？」

と、涼子は笑って、「私はあなたのママなんかじゃないわよ」

「ママ……。ひどいよ」

エミが唇をかみしめる。

「ごめんなさい。どいてちょうだい」

涼子がエミを押しのけるようにして行きかけると……。

「やあ」

山岸が席を立って、やって来た。「久しぶりだね」

布川は、修介たちに気付いた。

「君たち、どうしてここに……」

「あなたのことなんか知りません！」

と、涼子は山岸をにらんで、「どういうつもり？」

「知らないとは冷たいじゃないか」

と、山岸は苦笑した。「君に言われて、僕は会社の金をごまかした」

「何を馬鹿なこと！」

と、涼子は言い返して、「――いいわ。どこか二人で話せる所へ行きましょう」

「ここじゃまずいかね？」

「他のお客様のご迷惑よ」

涼子は何とか山岸を言いくるめようとしている、と香織は思った。

「待ってくれ」

と、布川が進み出ると、「山岸さんとおっしゃる？」

「申し訳ありません」

山岸は頭を下げて、「あなたの奥さんと、この近くの崖から海へ飛び込んだのは私です」

「じゃ……生きておられた？」

「はい。海岸に流れついて」

「あなた！」

と、涼子は布川の腕にすがりつくようにして、「これは何かの企みなのよ！　私のことを信じてちょうだい！」

涼子は、布川の気持さえつなぎ止めればと思ったのだ。

「──涼子さん」

香織は言った。「お父さんが騙されたのは、お父さん自身のせいでもあるけど、エミちゃんを拒むのはひど過ぎます」

涼子がハッと振り向くと、

「あなたが仕組んだのね……」

「仕組んだわけじゃありません」

と、香織は言い返した。「ただ、会わなきゃいけない人たちに、ここへ来てもらっただけです」

「香織……。お前は──」

「お父さん。黙ってこんなことして、ごめんなさい。でも、お父さんがいくらこの人を好きでも、この人は自分の夫を殺したのよ」

「夫だって？」

「この人の名は田島涼子。ご主人は、文化祭のとき、トラックにひかれて死んだ。この人に突き飛ばされて」

「ママ――」

エミが叫び出すのをこらえるように、両手で口をふさいだ。

「違うわ！」

と、涼子は叫んだ。「突き飛ばしてなんかいない！　あの人の手を振り払っただけよ！

そしたらあの人はよろけてフラフラと……」

――沈黙があった。

布川はゆっくりと涼子から離れて、

「君は……」

と、呟くように言うと、傍のテーブルにもたれて、息をついた。

涼子は急に体の力が抜けたように、手近な椅子に座り込んだ。

「――布川さん」

と、山岸が言った。「息子たちも家内もお世話になって。ありがとうございました」

「いや……。そんなことは……」

「涼子は、私と心中したと報道されたあなたの奥さんのことを知って、あなたのことを調べ、近付いたんでしょう。――あなたとの暮しに、夢をかけていたのだと思います」

「あなたは……妻と……」

「いや、たまたまこのホテルで一緒になっただけなんです」

と、山岸は言った。

「では家内の恋人ではなかったんですか?」

「ええ。それはご本人からお聞きになって下さい」

エミと同じテーブルに、背中を向けて座っていた栄恵が立ち上ってやって来た。

「――栄恵!」

「あなた。――色々心配かけてごめんなさい」

「お前……。生きてたのか!」

布川は呆然としている。

「心中するつもりだった相手に逃げられたの。それで、ここで知り合った山岸さんと……。二人別々に助けられて、でも、恥ずかしくって、連絡もできなかった。そしたら、たまたまファミレスで香織とバッタリ……」

「そう……だったのか……」

布川も、とてもすぐには事態が呑み込めない様子だった。

「ひでえや、お姉ちゃん」

と、建一が言った。「僕にも教えてくれたっていいじゃないか!」

「ごめん」

と、香織は素直に謝った。「でもね、色々あって、そう簡単にいかなかったのよ」

「建一……」

栄恵が建一へ歩み寄ると、「大きくなったのね……」

と、声を詰まらせた。

「お母さん……」

建一が母親に照れくさそうに抱きついた。

そして——突然涼子が立ち上ると、レストランから駆け出して行った。

「修介さん！　追いかけて！」

と、香織が叫んだ。

修介が急いで後を追う。

香織も追ってレストランを出た。レストランは二階で、階段でロビーへ下りられる。

「——どこ？」

ロビーに修介が立っていた。

「分らない。どこへ行ったのか——」

「女の方でしたら——」

と、ホテルのフロントの男が言った。「今、表へ出て行かれましたが」

香織がハッとして、

「崖から飛び下りるつもりかも。——行きましょう！」

「うん」

二人はホテルの外へ出た。

海から風が吹きつけて来る。

「涼子さん！」

と、香織は呼んでみた。

「暗くて見えないな」

「あの立て札の所に行ってみましょ」

山岸や布川も出て来た。

「どこだ？」

「分らない。でも、もし飛び込んだら——」

香織はそう言いかけて、あの立て札の所に現われた人影に目を止めた。

「武居さん！」

と、駆けて行く。「涼子さんは？」

「ロビーから飛び出して行ったんで、ここまで追いかけて来た」

と、武居刑事は言った。「しかし、追いつけなくてな。——女は崖から飛び下りた」

「そうですか……」

香織は胸が痛んだ。涼子にとっては他に道がなかったのかもしれないが、死なせたくはなかった。

ホテルの人間が、ライトを持って来てくれた。山岸と布川は、ライトを手に柵を越えて、崖の方へと進んで行った。

香織もついて行った。

「――同じところから飛び込んだのか」

と、山岸が言った。

「何ということだ……」

と、布川がため息と共に言ったが――。

そのとき、海からの風に混って、

「助けて！」

という声が聞こえた。

「お父さん！」

「うん。――涼子！」

と、布川が大声で呼ぶと、

「助けて！　落ちそうなの！」

と、涼子の声がした。

「頑張れ！」

布川は香織へライトを渡し、「これで照らしててくれ」

「お父さん、危いよ！」

「放っておけん」

「待って下さい」

修介だった。「僕が行きます」

「修介さん」

「誰でも関係ない。落ちそうになってる人間を助けるだけだ」

修介は上着を脱ぐと、「這って行くから、足首をつかんでいて下さい」

「分った」

と、布川が肯く。

崖へと落ち込む斜面を、修介は這ってズルズルと進んで行った。山岸と布川が、地面に腹這いになって、一杯に手を伸し、修介の足首をつかむ。

「上着を投げるから、つかんで！」

と、修介が怒鳴ると、脱いだ上着の一方の袖をつかんで一杯に遠くまで投げかけた。

「届かないわ！」

涼子の声がした。「もう少し！」

修介が這って進むと、もう一度上着を投げかけた。

「つかんだわ！」

「しっかりつかんで！——引張って下さい！」

山岸と布川が、修介の足首を引張る。

ホテルの人間が駆けつけて来て、加わった。

「上って来た……」

崖の向うから、涼子の顔が覗いた。

そのときだった。

「ママ!」

いつの間にか、エミがやって来ていた。

そして、涼子の方へと足を踏み出したのだ。

「エミちゃん! 危い!」

香織はつかまえようとしたが、間に合わなかった。

ズルッと足が滑って、エミが崖に向って滑り落ちて行く。

「エミ!」

涼子が左手で上着の袖をつかみ、右手で落ちかけるエミを抱き止めた。

「引張れ!」

と、布川が叫んだ。「頑張れ!」

ホテルの人間が加わって、修介の体はぐいぐいと引き寄せられた。涼子が必死でエミを抱きしめている。

「もう少し!」

布川が手を伸して、涼子の体をつかむと、引張り上げた。

「エミを……」

「大丈夫。大丈夫だ!」

平らな地面に座り込んだ涼子は、エミを抱きしめて、ワッと泣き出した。

「――お兄さん、よくやった」

と、のぞみが言った。

「ああ……。手の皮がむけちまった」

修介が肩で息をつく。

「手当てしてあげるわ」

と、のぞみは言って、「香織さんの方がいい？」

「馬鹿。どっちでもいいよ」

と、修介は苦笑した。

「――立てるか」

布川が涼子を支えて立たせる。

「ええ……。エミ、ごめんなさい」

涼子はエミの手をしっかり握って、「あの刑事は？」

「武居さんのこと？」

「あいつが私を突き落とそうとしたのよ」

と、涼子は言った。

「刑事さんが？」

と、香織は愕然とした。

「タクシーで逃げたわ」

と言ったのは、川根陽子だった。

「陽子さん……」

「姉から聞いたわ。武居がその人からお金を巻き上げてたって」

涼子はエミを抱き寄せると、

「私が馬鹿だったんです」

と言った。「何もかもお話しします」

「ホテルへ戻ろう」

と、布川は言った。「ここにいちゃ、みんな風邪をひく」

「僕、お腹空いたよ」

と、建一が言って、みんなが笑った……。


「ずっと騙し通せるとは思っていませんでした」

と、涼子は言った。「でも──布川さんと何年かでも夫婦の暮しがしてみたかった……」

レストランに戻って、子供たちは食事をしていた。

テーブルの一つに、涼子と布川、山岸など大人たちと香織が集まっている。

「田島との暮しにいやけがさして……」

と、涼子は言った。「別の人生がどうしても欲しくなったんです。日本へ戻って、バーで働いてるとき、武居に会って……。武居は私の弱味をつかんでいたので、言われるままに……。でも、山岸さんを騙したのは、私の意志です。武居はお金の半分を持って行きました……」

「会社の金をごまかしたのは僕です」

と、山岸は言った。「ただ、あんな大金じゃなかった。会社は裏金を作っていて、その分まで僕のせいにした」

「姉は武居の女だったんです」

と、川根陽子が言った。「武居のことは何でも知ってるでしょう」

涼子は、他のテーブルで食事しているエミを見やって、

「私も母親だったってことを、思い出しました」

と、呟くように言った……。

エピローグ

「きれいだね」

と、香織は言った。

ホテルの表で、海を眺めていた栄恵は振り向いて、

「香織……」

「分ってる。黙ってるよ、山岸さんとキスしたことは」

と、香織は言って、「でも、一緒に暮してた大月さんは？」

「別れたわ。──向うも気ままな人なの」

「ふーん。男と女って、分らない」

「まだ分らなくていいわよ」

香織は、ケロッとしている母を見て、笑いをこらえた。

──これで、布川家も山岸家も元に戻ったわけだ。

いや、山岸は会社の金を横領した罪を償わなければならない。

でも布川が、山岸の妻も含めて、面倒をみてくれるだろう。

「――エミちゃん、どうなるんだろ？」

「そうね。涼子さんは山岸さんの件で、どうしたって……」

田島の死についても、これから調べを受けることになるだろう。

「エミちゃん、うちにいてもらおうよ」

「そうね」

と、栄恵は肯いて、「あんたより素直で可愛いし」

「お母さん……」

香織はちょっとにらんで、それから笑い出すと、母の手を取ってホテルへと歩き出した。

――よく晴れて、海は静かだった。

本書は二〇一二年七月に小社より刊行された文庫の新装版です。

双葉文庫

あ-04-55

パパの愛《あい》した悪女《あくじょ》〈新装版〉

2022年1月16日　第1刷発行

【著者】
赤川次郎《あかがわじろう》

【発行者】
箕浦克史
【発行所】
株式会社双葉社
〒162-8540 東京都新宿区東五軒町3番28号
［電話］03-5261-4818（営業部）　03-5261-4831（編集部）
www.futabasha.co.jp（双葉社の書籍・コミックが買えます）
【印刷所】
大日本印刷株式会社
【製本所】
大日本印刷株式会社
【カバー印刷】
株式会社久栄社
【DTP】
株式会社ビーワークス

【フォーマット・デザイン】
日下潤一

ISBN978-4-575-52535-9 C0193
Printed in Japan

双葉文庫　好評既刊

悪夢に架ける橋

赤川次郎

団地に暮らす専業主婦の浩枝は、現実と見まがうような「人が死ぬ悪夢」にうなされていた。ある晩、夢で見た殺害現場が現実のものと分かり……。ノンストップサスペンス。